JN284229

Second SeasonⅥ

kanata-no-koe

CONTENTS

murayama yuka special present

murayama yuka special present

Second Season VI

kanata-no-koe

PROFILE

■ 和泉勝利　年上のいとこ、かれんと付き合っているが、現在は、単身オーストラリアへ……。

■ 花村かれん　介護福祉士になるため、教師をやめて鴨川の老人ホームで働いている。

■ 花村 丈　姉と勝利の恋を応援する、ちょっと生意気な高校３年生。

■ 森下秀人　オーストラリアで文化人類学の研究をしている青年。

■ ダイアン　秀人の同僚である、オーストラリア人女性。

■ アレックス　ダイアンの妹。ダイアンとは離れて暮らしている。

◆ 前巻までのあらすじ

　高校３年生になろうという春休み。父親の九州転勤と叔母夫婦のロンドン転勤のために、勝利は、いとこのかれん・丈姉弟と共同生活をすることになった。

　五歳年上の彼女をいつしか愛するようになった勝利は、かれんが花村家の養女で、勝利がアルバイトをしていた喫茶店『風見鶏』のマスターの実の妹だという事実を知る。かれんも次第に勝利に惹かれ、二人は恋人同士となった。

　大学に進学した勝利は、叔母夫婦の帰国と父親の再婚・帰京を機に、アパートで一人暮らしを始める。一方、かれんは、高校の美術教師を辞め、鴨川の老人ホームで働きながら介護福祉士を目指すことになる。かれんとの遠距離恋愛が続くなか、不安や焦りにたびたびさいなまれる勝利だった。

　マスターとその恋人・由里子との間に生まれた新しい命を、勝利とかれんも心から祝福する。しかし、そんななか、絶望的な事件は起こった……。

　うちひしがれた勝利は、逃げるようにオーストラリアへ。研究者の秀人のもと、あたたかい人たちに囲まれ、心は癒えていくが……。

この作品はフィクションです。
実在の人物・団体・事件などには、いっさい関係ありません。

彼方の声

おいしいコーヒーのいれ方　Second Season VI

So Far Away

1

「知る権利」というものがある。知らされずにいることによって僕ら自身の生活の安全が脅《おびや》かされるような種類の情報を、大きな権力から邪魔されずにきちんと知ることのできる権利、のことだ。

たとえば、税金が何に使われているかとか、政治家の汚職の内情とかについては、知らずにいると不利益を被《こうむ》る種類の事柄だから、僕らには「知る権利」がある。でも、政治家が自分の財布の中に今いくら持っているかとか、芸能人の誰それが誰それと付き合っているとか、あるいは隣のお姉さんのスリーサイズなんかは（たとえどんなに知りたかったとしても）「知る権利」を主張できない。べつに知らされなくたって国民の生活に支障が出るわけじゃない事柄については、本来、「知る権利」よりも「個人のプライバシー」のほうが優先されるのだ。

　誰にだって、何かを知りたいという欲求はある。僕にも人並みの好奇心はあるし、隣のお姉さんのスリーサイズだって、もしどうしても教えてくれると言うんだったら聞いてやらんでもないよ、くらいのことは思う。だけど、本人がいいと言っていないのに、こちらから無理やり覗《のぞ》き見《み》してまで知ろうとは思わない。当たり前だ。それが、社会生活とか対人関係における常識というものだろう。

　そのまともな人間の常識を、まるで最初から存在しないかのように無視してくれたのが、ダイアンの妹アレックスだった。

　透《す》けるように白い肌、光を弾《はじ》く金髪、エメラルドグリーンの瞳《ひとみ》に、宗教画の天使みたい

な顔だち。常人離れした見た目のせいで、これまでよっぽど周りからちやほやされてきたんだろう。そうとでも考えなければ、僕には理解できない。ひとの部屋に入って、ひとのベッドに腰掛けて、ひとの手紙を黙って見る——その現場を見つかりながらどうしてこうもケロリとしていられるのか。

「あなた——日本で何をして逃げてきたの？」

特徴のあるハスキー・ヴォイスで、アレックスは言った。何の屈託もなく口にされた「逃げる」という単語が、僕の胸にひどく鋭く刺さった。

思わずひったくるように取り返した手紙を、再び畳《たた》んで封筒に入れる。

「きみには関係ないだろ。誰から何を聞いたか知らないけど、なんできみにそんなこと言われなきゃいけないいんだよ」

「べつに私、何も聞いてないけど」

「嘘《うそ》つけ」

「嘘じゃないったら。じゃあ逆に訊《き》くけど、誰から聞かされたと思うわけ？　ダイアン？

ヒデ？」

　みんながいる隣のダイニングのほうへちらりと目をやりながら、ベッドに座ったままのアレックスが僕を見あげる。

「あの人たちが、昨日今日《きのうきょう》ここへ来たばかりの私に、あなたのプライバシーをべらべら喋《しゃべ》ったとでも？　もしそう思ってるんだとしたら、あなた、よっぽど彼らを信じてないってことだね」

　痛いところを突かれ、ひるんだ自分を覚《さと》られたくなくて、僕はあえて強い口調で言った。

「信じてないとか、そういうことじゃない。だけど、誰からも何も聞いてないなら、どうしてきみが『逃げた』なんて言えるんだよ」

「へえ。ってことは、やっぱりほんとに逃げてきたんだ？」

「いいから、訊かれたことに答えろって」

　アレックスは、思いきり外人くさい仕草で、あきれたように両手をひろげてみせた。

「ねえ、あなたって、本物のバカなの？　血相変えて私から手紙を取りあげたのは何のため？　どうせ中身は読めやしないと思ってるんなら、そんなに怒る必要もなかったはずじ

ゃない」

「読める読めないの問題じゃないだろ。ひとのものを勝手に見……」

言いかけて、はっとなる。

アレックスが見ていたこれは、丈《じょう》から届いた手紙だ。僕への宛名以外は、差出人の住所にいたるまですべて日本語で書かれているから、僕はてっきり彼女がただ単に物珍しさからひろげて見たものと決めつけていた。けれど、そうだ、ダイアンが言っていたじゃないか。アレックスは小さいころ数年間だが日本にいたし、本国に戻ってからもベビーシッターが日系人だったので日本語はけっこう喋れるのだ、と。

「もしかして……字も読めるのか?」

アレックスが肩をすくめる。

「むしろ字のほうが得意なの。喋るよりもね。あんまり難しいカンジは抜かして読んじゃうけど」

僕は茫然《ぼうぜん》となってアレックスを見おろした。

何しろ、あの丈が書いた手紙だ。難しい漢字なんか、抜かして読むまでもなく元から書いてあるわけがない。

〈こっちのみんなの様子なんて、ほんとは知らされたくないかもしれない。でも、たとえ知りたくなくてもちゃんと知っておく義務みたいなもんが、勝利《かつとし》にはあるんじゃないかって気がする〉

〈こっちにいられなくて、オレらから離れてったことを責める気はこれっぽっちもない。あの時の勝利は、ほんっとズタズタのボロボロで、目なんか死んでたもんな〉

〈でもさ。もし、いまそっちでなんとか息ができてるんだったら、とりあえずはそれで充分じゃん。すっごい楽しい気分になんかどうせなれやしないんだから、これ以上は逃げないで、そこで踏みとどまってくれよ〉

あれを、全部しっかり読まれてしまったわけか。というか、読んだ上で平然と訊いてのけたってことか。日本で何をして逃げてきたの？　と。

ますます、アレックスのメンタリティを疑ってしまった。

日本にいた間も、オーストラリアへ来てからも、周りのひとたちが僕に対して腫れ物《はれもの》に触《さわ》るように接してくれるのを当然のように思っていたわけでは決してない。周りに気を遣《つか》わせる自分があまりに情けなく、あまりに腹立たしくて、軀《からだ》の中にどんどん溜まっていく毒素に心臓が鉛色《なまりいろ》に変色する思いだった。

それを、よくもまあ無邪気に訊いてくれるものだ。どうやらアレックスにはわかっていないらしい。誰にだって一つや二つは絶対に他人に触れられたくない事情があるのだ、ということが。二十歳《はたち》にもなってそれは、ちょっとどうなんだろう。

「とにかく、」と僕は言った。「きみがどれだけのことを読んで理解したかは知らないけど、そのことに関しては何も答えたくないし、二度と訊かれたくもない。二度と。それだけははっきり言っておく」

と、その時、

「イズミー!」

ダイニングのほうから呼ぶ声がした。

「ラム肉が焼けたわよー!　チキンはどうするのー?」

あの大きな声はマリアだ。中年以上のアボリジニ女性に特有の体型をした彼女の声は、まるでオペラ歌手みたいに朗々《ろうろう》と響く。小学校の教師という職業のせいもあるかもしれない。

今行きまーす、と返事をして部屋を出ようとすると、

「ねえ」

アレックスは僕を呼び止めた。ふりむくと、いささか気まずそうな顔をしていた。

「つまり、その……悪かったわよ、プライベートな手紙を黙って見たりして」

口の端を曲げ、目をそらしながら彼女は言った。

「久しぶりに日本の文字が目にとまったものだから、懐かしくなっちゃって……しばらく読む機会がなかったけどどれくらい覚えてるかなと思って、ついひらいて見ただけなの。書いてある内容そのものに興味があったわけじゃないのよ」

本当は悪いなんてちっとも思ってやしないんじゃないかと思いたくなるような可愛《かわい》げのない口調だったけれど、謝罪を言葉にしただけ進歩と考えるしかないのかもしれない。

僕は、しぶしぶ頷《うなず》いた。すっきり許せたわけではないにせよ、済んでしまったことをい

つまでもグチグチ言ったってしょうがないし、なんといっても今夜はアレックスのウェルカム・パーティなのだ。

「わかったよ。もういいよ」

そう言い置いて、部屋を出がけに付け加える。

「あと十分くらいでチキンが焼きあがるから、それまでには出ておいでよ。みんな、きみを歓迎したくて集まってるんだからさ」

「………」

「アレックス？」

「聞こえてるわよ」

仏頂面《ぶっちょうづら》の彼女が言う。

「じゃあ返事しなよ」

僕も負けずに言った。

前にも思ったことだけれど、話す言語の成り立ちのせいだろうか。英語を頑張って話す時の僕は、日本語を話す時に比《くら》べて、少しだけ気が強くなるみたいだった。

*

ダイアンがわざわざ家からＤＶＤを持ってきて貸してくれたのは、その翌日だった。

「はいこれ、約束してたやつ」

手渡されたときは何だっけなと思ったが、タイトルを見て思いだした。

『ALEXANDRA』——去年のライヴ映像。そう、アレックスはプロの歌手なのだ。それも、オーストラリアやニュージーランドではけっこう有名な。

この国に来て以来、音楽なんて聴く気にもなれずにいた僕は知らなかったけれど、子どもの頃から習っていたクラシックギターを自在にかき鳴らしながら歌う彼女のオリジナル曲は、しばしばヒットチャートの上位にも登場するらしい。年に何度かはツアーだって行うのだと、ダイアンは誇らしげに言った。

「このご時世にね、客席はいつもきっちり埋まるのよ。そりゃあチケットが即日完売するほどの爆発的人気とまではいかないけど」

「それでもすごいことだよ」と、横から言ったのは秀人《ひでと》さんだった。「アレックスの生み

出す曲を楽しみに待ってて、お金を払ってでも聴きたいと思ってくれる人がちゃんといるっていうのはさ。そういうのは誰にでもできることじゃない、ごく限られた人間にしかできないことだよ」

「アレキサンドラ」は、アレックスの本名だという。ＤＶＤのタイトル文字は、透《す》きとおった赤から緑にかけてのグラデーションで彩《いろど》られていた。その下に、薄暗いステージの真ん中で、椅子《いす》に腰掛けてギターをかかえているアレックスの姿がある。淡いスポットライトを浴びた彼女は、何を思っているのか祈るような表情を浮かべていて、それだけ見るとなるほどダイアンの言うとおり金髪のエンジェルみたいだった。

写真というやつは、じつに信用ならない。このジャケットを見た人はきっと、歌手アレキサンドラのことを中身も天使のような女性なんだと思いこんでしまうに違いない。でも、とりあえず素顔の本人を知ってしまった僕からすると、大笑いもいいところだった。外見で人を判断してはいけません、という教訓の、いわばお手本のような写真だと思った。

「ねえ、よかったら今ちょっと観《み》てみない？」

とダイアン。

「え、でも仕事中にまずいんじゃ」

「いいじゃない、サトー所長はどうせ来やしないんだし。なにも全部とは言わないわよ、最初のとこをちょっとだけ」

言いながら、さっさとパソコンにＤＶＤを滑りこませる。

「俺も観るの久しぶりだなあ」

秀人さんまでがそう言ってわざわざ立ちあがり、そばに寄ってきた。

実際、フィールドワークに出るには外はまだ暑すぎるし、まあいいか、と僕も椅子ごとダイアンの隣へ移動する。すっかりオージー時間に馴染《なじ》みつつある自分がちょっと怖《こわ》い。

ライヴは、とても静かに始まった。派手な演出は一切なかった。

まだ誰もいないステージの上に、一脚のスツールがぽつんと置かれ、銀色のスポットライトに照らし出されている。奥のほうの暗がりはバンド席で、ドラムやキーボードなどがぎっしり置かれ、時折スタッフが行き来してマイクやアンプの調整をしている。真っ暗な客席から立ちのぼるざわめき。抑《おさ》えきれないそのざわめきが、ある瞬間ふいにクレッシェンドしたかと思うと、舞台の袖《そで》からギターのネックを持ってぶらさげたアレックスが現れ

た。

違う。――〈アレキサンドラ〉だ。

いつものアレックスと姿形が変わるわけじゃない、服装だってデザインに少しだけひねりのある白シャツとデニムといったラフなものなのに、身にまとっているオーラがまるっきり違う。光り輝く金髪が、ほんとうに天使の後光のように見える。

湧《わ》き起《お》こる拍手。歓声と口笛。〈アレキサンドラ〉がかすかに微笑して右手を軽くあげてみせただけで、客席はさらなる興奮の渦《うず》になる。

けれどそれは、用意されていたスツールに彼女がそっと腰掛けたとたん、嘘《うそ》のように止《や》んだ。

全員が固唾《かたず》を呑《の》んで見守る中、彼女がギターのストラップを首にかける。二、三のコードを試しに爪弾《つまび》いたあと、おもむろにアカペラで歌いだした。

(な……なんだ、これ)

あきらかに狼狽《うろた》えている僕を、ダイアンと秀人さんがそれぞれちらりと見て、また画面に目を戻す。

ものすごい、声だった。初めて聴く人間の耳を、心を、目には見えない網でからめとって根こそぎさらってゆくような歌声だった。

クラシックの発声でないことはわかる。かといって、ロック歌手によくいる単純なシャウトばかりの歌とも違う。ホールの隅々まで届いているであろう豊かな声量もさることながら、ちょっと他にない独特の声質に、どう抗《あらが》っても耳を持っていかれる。ふだん話す時はぼそぼそとぶっきらぼうに響くだけのハスキー・ヴォイスが、ひとたびメロディに乗せられるといっぺんに様変わりし、すさまじいばかりの説得力を持って、聴く者の胸に揺さぶりをかけるのだ。

一コーラス目をまるまるアカペラで歌いきると、彼女の指が一閃《いっせん》し、ギターが加わった。なんと十二弦ギターだ。パソコンの画面が小さくて気がつかなかったが、よく見るとネックが普通のものより幅広い。

爪弾く指のわずかな違いに応《こた》えて、ふつうの倍の弦が奏《かな》でる奥行きある音色は、心地よく澄んだり、不安をかきたてるように濁ったり、ささやくほどに小さくなったり、激しく渦巻いたりする。

そうか。ふつうの六弦のギターでは、彼女の声には釣り合わないのだ。十二本の弦の立体感と音量をもって、ようやくバランスが取れる。

「どう？　感想は」

一曲目がようやく終わったところで、秀人さんが僕を見おろした。隣のダイアンも僕に顔を向ける。

僕は、少し考えてから答えた。

「何ていうか……ほとんど危険物っていうか、兵器ですね」

「兵器？」とダイアンが目を丸くする。「どういう意味で？」

「破壊力っていう意味で」と、僕は言った。「だってやばいでしょ、この声は。俺がもし独裁者とか危ない宗教の教祖とかだったら、ぜったい利用してますって。人を惹《ひ》きつける力が半端《はんぱ》じゃない。こんな声で歌いかけられたら、それがどんなとんでもない内容だってあっというまに洗脳されちゃいますよ」

「ははあ、確かに」

立ったままの秀人さんが上のほうで唸《うな》る。

ダイアンがパソコンからディスクを取りだした。ジャケットにぱちんとしまって僕に手渡す。

「嫌いじゃなかったら、あとで残りも聴いてやって」

「や、むしろ好きですね。しゃくに障《さわ》るけど」

ダイアンはくすくす笑い、じゃあそれイズミにあげるわ、と言った。

「いいの、うちには何枚もあるから。ねえ、あとでアレックスが来たら、さっきの感想伝えてやってよ」

「破壊力が兵器並みだってか?」

と秀人さんがからかう。

「やですよ」と僕は言った。「それでなくても嫌われてるのに、なんでわざわざ」

「ううん、喜ぶと思う。ああ見えてあの子、音楽に関してだけは人の意見や感想をちゃんと真摯《しんし》に聞くのよ」

その日、昼休みに二人が出払ったあと、僕はネットで〈ALEXANDRA〉を検索してみた。

もしかして、と思ったら案《あん》の定《じょう》、ウィキペディアにもけっこう詳《くわ》しく載《の》っていた。

生年月日、家庭環境、生い立ち。父親がシドニーに本社のあるＩＴ企業の社長で、誰もが知るフランチャイズ・レストランも経営していること。母親はかつてファッション誌の表紙を飾っていたくらいのモデルで、今も完璧《かんぺき》なプロポーションと皺《しわ》ひとつない顔を保《たも》っていること。その友人の著名なギタリストに子どもの頃から師事していたために、アレキサンドラは一時はクラシックギターの世界コンクールで入賞するほどの腕前だったこと。けれどその世界に飽きたらず、十八の時に突如《とつじょ》として歌に目覚めたこと。

だいたいの話はダイアンから聞かされていたとおりだったが、知らなかったこともあった。豆知識というかトリビアみたいな部分には、こう書いてあった。

「ツアーやアルバムなどのタイトルに使われる〈ALEXANDRA〉のロゴが赤から緑のグラデーションで彩色されている理由は、〈ALEXANDRITE〉という宝石の特質（照射する光によって赤から緑へ色が変わる）を表現したものである」

ふむ、と思いながら〈ALEXANDRITE〉を検索してみる。美しく磨《みが》かれた宝石の写真がいくつも引っかかってきた。あるものは緑がかり、あるものは赤い。

説明文によれば、アレキサンドライトはクリソベリルという鉱物の一種というか変種で、もともとはロシアのウラル山脈にあるエメラルド鉱山で発見されたものらしい。

皇帝ニコライ一世に献上された日がたまたま皇太子アレキサンドルの十二歳の誕生日だったことから、〈アレキサンドライト〉と名づけられた……なんてことは別にどうでもいいのだが、特筆すべきはこの宝石が、太陽光や蛍光灯のもとでは青緑色に光り、白熱灯や蠟燭《ろうそく》の明かりのもとでは赤く輝くことだった。

天然のアレキサンドライトは非常に珍しく、不純物が少ない澄んだ色のものともなればさらに稀少なので、時にはダイヤモンドに匹敵するほどの高値がつくという。中にはシャトヤンシー効果といって、猫の目のように筋の入る〈アレキサンドライト・キャッツアイ〉という宝石まであるらしい。掲載されている指輪の写真には、思わず引いてしまうくらいの値段がつけられていた。

あるときは、赤。

あるときは、緑。

照らす光や角度によって色がまったく変わる……。

なんだか、あまりにもアレックスにぴったりで笑えてくるほどだった。彼女の父親は、それらを全部承知で娘にアレキサンドラという名前をつけたのだろうか。それとも、名は体を表すと言うように、その名前が彼女をああいう性格に育てあげたということなんだろうか。

あのエメラルドグリーンの瞳《ひとみ》――時によって険《けん》があったり、逆に驚くほど無邪気だったりするあの瞳も、ふとした拍子、ふとした光の加減で、もしかしてルビーみたいに赤く輝いたりするのかもしれない……。

そんなことをぼんやり思いながら席を立ち、研究室の隅でコーヒーを淹《い》れようとした時だ。ドアが開き、ふりむくと、入ってきたのはなんと当のアレックスだった。

慌《あわ》てても、もう遅い。

入口にいちばん近い僕のデスクに置かれたＤＶＤを見るなり、アレックスは眉《まゆ》を寄せた。パソコン画面にずらりと並んだ検索結果を見て、ますます眉間《みけん》の皺が深くなる。

「……よけいなことを」

と、彼女は言った。

「どうせダイアンでしょ、こういうものを持ってくるのは。やめてほしいのよね。身内自慢みたいで恥ずかしいったら」

何もそういちいち棘《とげ》のある言い方をしなくてもいいじゃないかと思ったけれど、自分のいないところで自分のことを噂《うわさ》されたりネットで調べられたりするというのがあまり気持ちのいいものじゃないってことはわかる。僕は、とりあえず言った。

「コーヒー淹れるけど、飲む?」

予想外の切り返しだったのか、アレックスは、え? という感じで目をあげた。

「コーヒー。インスタントじゃないやつ」

重ねて言うと、やっと腑《ふ》に落ちた顔になる。

「ふうん。料理だけかと思ったら、そんなことまでできるんだ。ダイアンやヒデから『大事な同僚』って言われるはずよね」

「ありがとう」

「日本では、さぞかしいろんな人から便利に使われてたんでしょうね」

「いやあ、それほどでもないけど」

アレックスの厭味《いやみ》を適当に受け流して、僕は言った。

「まあ、家族か友だちに一人いると重宝《ちょうほう》するタイプだとは思うよ。付け加えるなら、掃除や洗濯も得意だし、大工仕事だってそれなりにはこなせる。運転も、ようやく最近覚えたとこ。残念ながら英語はまだまだだけどね。で、飲むの、飲まないの？」

「……もらうわよ」

仏頂面《ぶっちょうづら》で、彼女は言った。

僕がポットにお湯を沸《わ》かし、豆を挽《ひ》いている間に、アレックスはダイアンの椅子を引き寄せてどすんと座った。ショートパンツから惜しげもなく突き出した長い脚《あし》を組み、机に肘《ひじ》をついて苛立《いらだ》たしげに僕を見る。

「ねえ、この間も思ったけど、あなたって、馬鹿なの？」と、彼女は言った。「それとも、よっぽどお人好しなの？」

「ええと、なんでそう思うわけ？」

「だって、皮肉もろくに通じないなんて」

「通じてるよ、充分」

「じゃあどうして怒んないのよ」

「怒りたい気分じゃないからかな」

アレックスの眉根《まゆね》にまた皺が寄る。

「こっちにしてみれば、きみのほうがよっぽど不思議だけどね。なんだってそう、誰にでもケンカを吹っかけるような真似《まね》をするんだろう。もっと優しく接すれば、相手だって優しい態度が返せるのにさ」

「ほっといて。優しくされたい気分じゃないだけよ」

なるほど、と僕は言った。

マグカップにコーヒーを注《つ》ぎ分《わ》けながら、砂糖とミルクは訊《き》いたのだが、返事は返ってこなかった。要《い》らないということなんだろうと勝手に決めて、そのまま運んでいき、アレックスの前に置いてやる。

派手なディズニーの絵柄を見るなり眉を片方つりあげた彼女に、

「文句があるなら秀人さんにどうぞ」先回りして僕は言った。「ゲスト用のマグは、ティンカー・ベルかドナルドダックって決まってるんだよ」

アレックスが、ふん、と鼻を鳴らす。どちらかといえば彼女にはティンカー・ベルが似合う気がして選んだのだが、ドナルドのほうがよかったのかもしれない。

僕の手にしたマグを見て、

「ふうん。あなたはミッキーなんだ、生意気に」

「知らないよ、秀人さんが買ってきて勝手に割り振ったんだから」

「ダイアンは？」

「トランプの女王」

「ヒデは？」

「くまのプーさん」

「………」

一瞬の間《ま》があって、ぷ、とアレックスが笑った。渋々という感じの苦笑ではあったけれど、それでも鉄仮面みたいな無表情や、眉根に皺を寄せた仏頂面よりはよほどマシだ。

熱いコーヒーに口をつける様子を見守る。伏《ふ》せた金褐色《きんかつしょく》のまつげがふと意外そうな感じに閃《ひらめ》くのを見届けて、僕は満足した。自分の席へ戻り、ＤＶＤを端に寄せ、パソコンの画

面を仕事モードに切り替える。

ゆっくりと一口ずつ、コーヒーを冷ましながら飲む間、アレックスは口をきかなかった。決して広くないオフィスの中に、パソコンの唸《うな》り、紙のこすれあう音、椅子の軋《きし》み、それぞれの息づかい、そんなものが積もっていく。

意外と猫舌なんだな、と、気配だけ聞きながら思った。そのわりにふうふう冷ましながら飲んだりはしないのは、やっぱり育ちの良さってやつなんだろうか。

そういえば、かれ……いや、僕の知っている猫舌のひとも、まわりにいるのがうんと親しい身内だけの時しか息を吹きかけて冷ましたりはしなかった。一緒にどこかへ出かけた時なんかは、今のアレックスみたいに少しずつ自然に冷めるのを待ちながら飲んだものだ。それでも熱いのが苦手なのは隠しきれなくて、唇《くちびる》をやけどしそうになってはびくっとなり、カップ越しに僕と視線が合うと恥ずかしそうに目元だけで微笑《ほほえ》んでみせたりした。ああいう他愛《たわい》のない、でもかけがえのない幸福が、あの頃は、ずっと続いていくものだと信じこんでいたのに……。

思いの底に沈みこんでいたせいで、話しかけられていることに気づくのが少し遅れた。

「え、ごめん、なんだって？」

首をねじってアレックスのほうを見ると、彼女は面倒くさそうに目玉を回してから、それでももう一度言った。

「どこかでバリスタの修業でもしたの？　って訊いたの」

「なんで？」

「思ったよりおいしいからよ」

「思ったより、ね」

「なによ。不満なの？」

「いや、べつにいいんだけど。まあ、口に合ってよかったよ」

答えながら僕は笑ってしまった。慣れてくると、アレックスのこういう物言いもそれなりに可愛《かわい》げのあるものに思えてくるから不思議だ。

星野《ほしの》りつ子にしろ、ネアンデルタール原田《はらだ》先輩の妹の若菜《わかな》ちゃんにしろ、あるいは丈の彼女の京子《きょうこ》ちゃんにしろ、女の子たちはみんな、それぞれに意地の張りどころが違っていて、不可解だけれど面白い。……今ごろ、彼女たちはどうしているだろう。元気にしてるんだろうか。

「バリスタの修業ってわけじゃないけど、日本にいた時、カフェのようなところでアルバイトはさせてもらってたよ」

ミッキーマウスのマグカップに手をのばして、僕は言った。相変わらずのケンカ腰にせよ、せっかくアレックスが話をしようとしているのだ。ここで話題を途切らせてしまうのは惜しい気がした。

「その店と出合う前から、それなりのコーヒーを淹れる自信はあったんだけどね。そこのマスターの味には、何が違うんだか逆立ちしてもかなわなくて……初めて店に入った日に、どうか弟子にして下さいって頼んであきれられたっけ」

「それで雇《やと》ってもらったの?」

「すぐにじゃなかったけどね」

ああ、痛い。心臓のあたりと胃が、絞《しぼ》りあげられるように痛い。

日本でのことを人に話すといつもこうなるのは、自分が失ったものを思うからじゃない。
あの人たちに失わせてしまったものの大きさを思うからだ。

それでも、ほかの誰かに話すよりは、アレックスにこうして話すほうが抵抗が少なかった。秀人さんをはじめ、佐藤《さとう》所長にせよ、ダイアンやヨーコさんにせよ、僕が日本を逃げ出した事情を（すべてではないにしても大体のことは）知っているはずだし、もしかするとアボリジニのマリアだってダイアンから何かしらは聞き知っているかもしれない。誰もがべらべら喋るという意味ではなくて、僕を不用意に傷つけまいと思う一心から、彼らは互いに情報を共有している。

でも、アレックスは違う。丈からの手紙を勝手に読みはしたけれど、それでも具体的に何があったかはわかっていないはずだし、誰かが彼女に教えたとも思えない。

相手が何も知らない、ということが、こんなにも安堵《あんど》できるものだと初めて知った。いや、考えてみれば当然のことなのだ。それこそ誰一人として知り合いのいない最果ての国へ逃《のが》れてしまえば、本来なら同情される値打ちなんかまったくないこの僕を、いたわるような目で見る人だっていないはずなのだから。

けれど、そう思ったあとで僕は、なおさら深い自己嫌悪に襲われた。〈誰からも同情の目で見られずに済む〉というのは、裏返せば、〈誰からも責められなくて済む〉ということだ。結局おまえは自分が可愛いだけなんじゃないか。

「私は、自分でコーヒーを淹れたことなんてないな」

つぶやくようにアレックスが言った。

「ふつうに、悪くないコーヒーを淹れる程度だったらぜんぜん難しくないよ。マシンなんか使わないほうがむしろ簡単なくらいでさ。豆を挽いて、フィルターに粉を入れて、上からお湯を回しかける、基本的にはそれだけ。手順さえ間違わなければ誰にだってできる。きみにだって」

何その失礼な言い草、という目つきでじろりと僕を見たものの、アレックスは特に何も言わなかった。

「でも、ほんとうにおいしいコーヒーを淹れようと思ったら、話はまたちょっと別なものになってくる。いくつかのコツを覚えなくちゃいけないし、集中力も必要になる。ある種のセンスみたいなものもね。これは僕の勝手な考えだけど、何であれ、特別なものを生み出そうとする時には同じようなことが言えるんじゃないかな。一緒にしたら怒られるかもしれないけど、たとえばきみのやってる音楽だってさ」

言葉を切って反論を待ってみたのだが、アレックスは無言のままだ。

「さっき、ダイアンにこのDVDを借りて、最初の一曲だけ聴かせてもらったんだ。何て言えばいいのか……悔《くや》しいけど、心を根こそぎ持っていかれたよ。オーラというのか、後光というのか、そうとしか言えないような何かを持ってる人間っていうのは、僕らみたいなふつうの人間とは生きてるレベルが違うんだなってことがよくわかった」

「レベル？」

「うん。どちらがいいとか上だとかってことじゃなくて、ただ単に、ぜんぜん違うんだなって。ステージの上のきみは、まるできみじゃないみたいだった。もちろんこうしてる時だって、きみには並の人間とは比べものにならないくらいのカリスマ性があるよ。だけど、歌うときの〈アレキサンドラ〉は、ふだんの〈アレックス〉が意識的にコントロールしたりセーブしたりしてるものを、全部解き放ってリミッターを解除したくらいに自由に見えた。凄《すご》かったし、感動もした。僕が〈最終兵器みたいだ〉って言ったら、ダイアンや秀人さんには笑われたけどね。僕としては最大級の褒《ほ》め言葉のつもりだったんだけど」

「………」

「ええと、ごめん」と僕は言った。「ひどい英語なのはわかってるんだ。なんとか通じてるといいけど」

　ちらりとこっちを見たアレックスが、再びマグカップに目を伏せる。

「通じてるわよ、それなりに。……っていうか、こないだは悪かったわよ」

「え？」

「初めて会った日に私が言ったこと」

「ええと、どれのことかな」と、僕。「思い当たることがたくさんありすぎて、どれの話だか……」

　アレックスは溜め息をついた。

「あのとき私、日本人の話す英語をバカにするようなこと言ったでしょ？　あれは、適切ではなかったなって」

　妙に生真面目《きまじめ》な言い回しがおかしかった。

「間違ったこと言ったとはいまだに思ってないけどね。ただ、あれからあなたの話すのを聞いてたら、ちょっとだけ考えが変わったの。確かに細かい部分を言えばひどい英語に違

いないんだけど、意味は充分通じてるし……半年でそこまで話せるようになるには、ダイアンの言うとおり、そうとう努力したんだろうなと思うし。日本人だからって、観光客とかとひとくくりにしたのは悪かったなと思って。――何よ、そんな意外そうな顔することないじゃない」

上目遣《うわめづか》いに僕をにらんで、アレックスはぶすっと言った。

「ああ、ごめん。でも実際、意外だったから」

「私が謝るのが、って言いたいんでしょ」

「それもあるけど、何だかんだ言って、さっきから僕に対しては、他の人に話す時よりも易《やさ》しい言い回しを選んでくれてる気がするからさ」

「……気のせいじゃないの？」

あさっての方角を向いて、アレックスは言った。

しばらくすると秀人さんが戻ってきた。数日後には日本へ帰国することになった――というか、勝手にそう決めてしまった佐藤所長からの引き継ぎに追われ、細かい手続きのためにあちこち走り回っていたのだった。

「やあ、来てたの」

アレックスに挨拶《あいさつ》をした秀人さんは、僕らを見比《みくら》べて、おや、という顔をした。

「きみたち、仲良くなったの？」

「は？」

とアレックス。

「一緒にコーヒーなんか飲んじゃってさ」

「わかりましたよ」と僕は立ちあがった。「いま秀人さんのも淹れますよ」

「や、そういうつもりで言ったんじゃないけど、まあ、ありがたいからもらおうかな」

自分の席にどっかり座り、いつものように机の上に足をのせると、秀人さんは深くて長い溜め息をついた。

「言いたかないけどさ」と、日本語でぼやく。「男ってやつはまったく、情けないもんだよな。自分に課された責任をほうりだすと、いっぺんに腑抜《ふぬ》けになっちまう」

ポットに新しくお湯を沸かしながら、僕は言った。

「逆、じゃなくてですか？」

「うん？」

「所長の場合、奥さんのことやなんかでその、〈腑抜け〉になってしまったから仕事を投げだしたわけでしょ。前はあんなふうじゃなかったって、ダイアンが」

「まあたしかに、一見、順番が逆のようだけどね。でも、愛子《あいこ》さんを亡くした後だって、研究所の長としての責務をなんとか果たそうという気持ちがあった間は、あそこまで芯《しん》のない人じゃなかったはずなんだ。それが今じゃ……」

秀人さんは、ゆっくりと首を横にふった。

「引っ越し荷物を日本へ送る算段も、ずるずる先延ばしにして、まともに手配してなかったくらいでさ。聞いて慌てたよ」

「え？　だって、あとをどうするつもりだったんですか」

「本人は『考えてなかった』って言うけど、まさかそんなはずはないんでね。おそらく、やらなきゃやらなきゃと思いながら、どうしても取りかかれなかったってことなんだろうさ。いざとなったら俺らがどうにかしてくれると思ったのかどうか」

「そんな……」

「日本へ帰ってから、ちゃんと医者にかかって下さいとはさんざん言っておいたけど、どうだろう、言うことを聞いてくれるかどうか」

医者、というのはもちろん心のほうのだよな、と思いながら僕は黙っていた。

正直、ひとごとだとは思えなかった。どんな事情があろうと、人間、あそこまでグズグズになっちゃ駄目だろう――とは思いながらも、それでもやっぱり、僕は佐藤所長に自分と似通ったものを感じずにいられなかった。同じ境遇に置かれたら、僕にはああなる素質が充分にある気がする。

「医者って言えば、ダイアンたちは大丈夫かな」

言いながら、秀人さんが窓の外を伸びあがって見る。

「今日のところはマリアと一緒だって言ってましたからね。こっちが二人ならめったなことはないと思うけど、ただ、あのリッキーを説得できるかどうか」

「説得って？」

と、アレックスが聞きとがめて口をはさむ。

そこまで僕らはずっと日本語のままだったのだが、どうやら彼女にはだいたいのことが理解できていたらしい。

「ダイアンは今、マリアの家へ行ってるんだ」

英語に切り替えて、僕は言った。そのあとを引き取るように、秀人さんが補足する。

「マリアの旦那のリッキーに会って、もういちど病院に入るように説得しにね」

ああ、とアレックスが頷《うなず》いた。

「あの、飲んでは暴力をふるうっていう最低の旦那ね」

「うーん……おおむね間違ってはいないけど」と秀人さんが困ったように言う。「リッキーだって、お酒が入ってない時は優しくてまともな人間なんだよ」

「中毒患者なんて、みんなそうよ。アルコールに限らず、薬物だって何だってね。完全に依存しきっちゃうまでやめられない奴《やつ》が馬鹿なの。同情の余地なんかないわ」

ずいぶんときつい物言いに、秀人さんも僕もちょっとびっくりして黙っていると、それに気づいたアレックスが言った。

「音楽をやる人間には多いのよ。とくに薬物依存がね。誘惑を退《しりぞ》けるだけでも一苦労ってくらい」

「アレックス……」

「大丈夫よ、私はそこまで愚《おろ》かじゃないし。でもダイアンには言わないでよね。あのひと、ああ見えて心配性でしょ？　無駄に心配させたくないから」

電気ポットのお湯が沸騰《ふっとう》し、僕が挽いた粉をフィルターにあけたところで、ちょうどダイアンとマリアが帰ってきた。幸い、暴力をふるわれた様子はなかったけれど、二人ともものすごく疲れた顔をしていた。

目で問いかける秀人さんに、

「だめ。ぜんっぜん話にならない」

とダイアンは言った。

マリアは、椅子に座りこんだまま黙りこくっている。いつも陽気な彼女がぼんやりと沈んだ様子でいるのを見るのは辛《つら》かった。丸っこい大きな体が、まるで空気が抜けた風船みたいにしおしおと萎《しぼ》んで見える。

豆を人数分だけ追加していると、アレックスが自分の飲んでいたティンカー・ベルのマ

グカップを持ってきて流しで洗い、そこに出してあった僕のミッキーもさっとゆすいでくれた。突き指をした片手に包帯を巻いたままだから、本当にただ水道の水でゆすぐだけなのだが、どうせ同じので飲むのだから別にかまいはしない。ついでに彼女は、すぐ上の棚から、トランプの女王とドナルドのカップまで出して並べてくれた。

「サンキュ」

「………」

まったくの無視よりは肩をすくめてみせるだけマシなんだろうと思うことにして、僕は電気ポットの細い注ぎ口から、フィルターの粉の上にそっとお湯を回しかけた。

そばに立つアレックスのおよそ遠慮のない視線を感じながら、むくむくと表面がふくらむまで三十秒くらい待ち、それから再びお湯を注《そそ》ぐ。粉を躍《おど》らせないように、注ぐというよりはお湯を置くような感じで。

淹れ終わったコーヒーを五人分のマグカップに注ぎわけると、アレックスは僕が何も言わないうちに、ダイアンとマリアのを持って運んでいってくれた。

「あら?」ダイアンがびっくりしたように妹を見あげる。「あなたたち、いつのまに仲良く、」

「なってないったら、もう！」

怒ったようにアレックスが言った。

2

勝利へ

その後、元気でやってますか。

こないだの手紙、読んでくれたんだってね。秀人さんから聞きました。

あの人、そうとう変わってはいるけど、ほんといい人だね。わざわざ向こうから電話かけてまで教えてくれたよ。携帯に〈通知不可能〉なんて着信があった時はびっくりした。俺のほうから電話して訊《き》くつもりだったから、よけいにさ。

手紙が着いた時、勝利、ちょうどぶっ倒れて寝込んでたんだって？　もう大丈夫なのかな。起きられるようになったならいいけど。

なんでそんなことになったかなんて、訊く必要もないくらいわかりきってることだけど、秀人さんからそれを聞いた時、オレ、こないだ手紙に書いたことをものすごく後悔した。たしか、偉そうなこといっぱい書いたじゃん。そっちでなんとか息ができてるんだったらとりあえずは充分だ、とか、楽しい気分になんてどうせなれやしないんだから逃げずに踏みとどまってくれ、とかさ。

でも、結局、なんにもわかってなかったんだなと思ってさ。追い詰めるつもりはなかったけど、ほんとはオレこそが、勝利にいちばん近いとこにいなくちゃいけなかったんじゃないかって。

マスターや由里子《ゆりこ》さんはどうしようもなく当事者だし、姉貴は、いろんな意味で勝利に近すぎる。和泉《いずみ》のおじさんや明子《あきこ》さんも、うちの親父もおふくろも、親の役割を果たさなくちゃと思いすぎて空回りしてるところがある気がするし。

そんな中で、オレだけはさ。ある意味、いちばん無責任に勝利の味方でいてよかったんじゃないかって、今ごろになって思うんだ。ほんとは最初からそうしたかったくせに、オレもやっぱり、空回ってたのかな。勝利みたいなタイプは、誰に言われなくたって自分で

自分を追い詰めちまうんだってこと、長い付き合いなんだから充分わかってたはずなのに、よけいなことといっぱい書いた。

ごめんな。

ほんとごめんな、勝利。

もう遅いかもしんないけど、オレ、何があっても絶対、勝利の味方だから。極端な話、たとえ勝利がナイフとか振り回して人を殺したって、それでも味方するつもりだから。

だから、こないだの手紙はごめん。


でもさ、何だかんだ言いながら、オレとしては、こうして手紙を読んでもらえるようになったっていうのがすごく嬉《うれ》しくもあってさ。それと、こっちで起こってるあれこれを詳《くわ》しく書くことについては、やっぱり遠慮するつもりはないです。そういうのは、思いやりとは違うと思うから。

気になってるだろうから言っておくと、オレの送る手紙を勝利が読んでくれたってことと、たぶんこれからも読んでくれるんじゃないかってことについては、みんなにも報告したよ。みんなっていうのはつまり、和泉のおじさんたちと、うちの親父たちと、マスターのとこ。そのとき『風見《かざみ》鶏《どり》』にたまたまいた星野さんも、それ聞いて泣きそうになってた。原田先輩にも伝えていいかって訊かれたから、もちろんいいって言ったよ。

　勝利にしてみれば、みんな心配してるんだなんて言われても困るだけだろうけど、実際、どうしたって心配はしちゃうわけでさ。オレが勝利とこの先、何かやりとりするようなことになっても、内容までべらべら喋《しゃべ》ったりはしないって約束するから、今回の報告だけは我慢してほしいです。

　姉貴にも、わざわざ鴨川《かもがわ》まで一泊しに行って、ちゃんと話してきたんだかんな。そんな大事な話を電話で済ませて、姉貴がその晩ひとりで泣いたりすんのはいやだったからさ。でも、そういう意味で心配する必要はなかったよね。あれでいて、芯《しん》の強い女だもんな。話を聞いてる間、姉貴は自分からは何も訊かなかった。そっちでの勝利の様子とか、自分の送った手紙は読んでるのかどうかとか、そういうことも何ひとつ訊こうとしなかったけど、オレがひととおり説明し終わったら、最後にちょっとだけニコッとして、「そう、よかった」って言った。オレが手柄顔で言うのも何だけど、なんか、やっと肩から力が抜

けたみたいに見えたよ。

　そういえば姉貴、年が明けたら家に戻ってくることに決まったって。勝利も聞かされてたろうけど、あのホーム、いよいよ本格的に経営を見直すことになったらしくてさ。

　うちから通えるところで新しい勤め先が見つかるかどうかは、これから探してみないとわからないけど、親父とおふくろは正直ほっとしてる。やっぱ、大事なひとり娘だからさ、できればそばに置いときたいんだよな。


　マスターは、相変わらず無愛想なまま、店やってます。勝利のかわりにバイトで入った学生も、それなりに続いてるよ。フロアだけで、カウンターの中に入ることはないから、マスターに叱りとばされることもないしね。

　ときどき由里子さんが来て、コーヒー飲んでくのも変わらない。由里子さんの彫金《ちょうきん》の店は、開店してしばらくの間はお客さんがあんまり来なくてどうなることかと思ったけど、タウン誌に紹介されて、そのあと雑誌にも載《の》ったりしてからは、だんだん軌道に乗ってきたらしい。カウンターの隅っこに座って指輪のデザインとかしてるの見ると、ちゃんと元

気そうだよ。

「だから安心して、そっちで自分のことをやんなさい」

って、これは由里子さんからの伝言です。


やべ、手紙なんてほんと書き慣れないから、気がついたらこんな時間だよ。

じゃあね。また書く。

丈より

＊

何があろうと、丈の手紙はとにかく読む――ということだけは、これから先も守るつもりでいる。べつに取り決めまでは交《か》わしていなくても、僕の中では奴《やつ》との約束のようなものだったからだ。

でも、正直なところ、きつかった。何がきついと言って、書いてある中身より何より、そのあと数日にわたって見る夢が本当にきつかった。

ふだんは日々のあれこれに紛《まぎ》れていても、あるいは意思の力で封じ込められても、夢まではコントロールできない。二度と再現されたくない場面が情け容赦《ようしゃ》なく展開され、死ぬほど逢《あ》いたいのに逢えないひとたちの顔が次々に現れる。

眠りに落ちるのが怖《こわ》かった。あの事件のあと何か月もの間そうだったように、いっそのこと眠れなくなってしまいたかった。

なのに、あきれたことに、僕の精神状態はあの頃に比《くら》べるとずいぶんと勝手に回復してしまっていて、忍び寄る睡魔にどうしても抗《あらが》いきれないのだった。自分の命汚《いのちぎたな》さに情けなくなる。

言《い》い訳《わけ》のようだが、日中、それなりに頭や体を使っているせいもあるんだろうと思う。とくに、これまでの人生を脳みそよりは筋肉に頼って生きてきた僕にとっては、一日じゅう英語でコミュニケーションをはかったり、アボリジニについての研究資料を読んだり、フィールドワークのデータを整理してパソコンに打ちこんだりするだけでも相当の負荷がかかるのだ。家庭用の細い電線に高圧電流を流しているようなものだ。ショートしないのが不思議なくらいだった。

枕に頭をのせると、ほとんどすぐに暗い淵《ふち》に引きずり込まれる。ずるずると背中から沈んでいくような感覚に抗いながら、せめて、自分がこれから見る情景も、味わう感情も、すべては夢なんだということを忘れないようにしよう、と毎回思う。

たとえあの場面がまざまざと再現されようと、もう一度最初から苦しむ必要はない。僕のことはいい、僕なんかはどうだっていいけれど、由里子さんやマスターが、かけがえのないものをこれからまた新たに失うわけじゃない。なぜならそれは、もうすでに、動かしようもなく起こってしまった事実だから。それをまたくり返し夢に見ているだけなんだから。だから、同じ局面で再び苦しみ直すことはない。——そう自分に言い聞かせながら、用心深く眠りに落ちる。

〈どうしたの、そんな顔して〉

と、かれんが僕を見つめる。

かれん。……ああ、かれん。名前をはっきり思い浮かべるだけで、胸が焦《こ》がれて息が詰まる。逢いたかった。ほんとうに、どれほど逢いたかったか。

だけど、駄目だ、まだ逢えない。いや、違う——もう、逢えない。

〈なに言ってるのよ、ショーリったら〉

と、かれんが笑う。

〈また寝ぼけて。悪い夢でも見たのね〉

違うって、そうじゃない。いま見てるこっちが夢なんだ。そして、あれは決して夢じゃないんだ。

〈あれって?〉

きょとんとした顔で、かれんが覗《のぞ》きこんでくる。吐息《といき》がかかるほどの近さだ。

こんなに間近に彼女を眺めるのはどれくらいぶりだろう。長いまつげ、薄茶色の瞳《ひとみ》。頬《ほお》はほんのり色づいて、白桃《はくとう》みたいな金色の産毛《うぶげ》まで見てとれる。

抱き寄せたい。抱き寄せて、抱きしめて、そうして、抱きつぶしたい。でも駄目だ、僕らはもう……。

〈ねえ、あれは夢じゃないって何のこと?〉

ますます無邪気に、かれんが訊《き》く。

何って、だから由里子さんの。

〈え?〉

とぼけないでくれよ。俺が……俺のせいで由里子さんは。

かれんの表情が曇る。

〈そうね。あの時はほんとにショックだった。一時はどうなることかと思ったものね〉

え? と今度は僕が訊き返すと、蕾《つぼみ》がほどけるみたいに彼女が微笑《ほほえ》む。

〈でも、ほんとによかった、無事に生まれてきてくれて。あんなことがあっても持ちこたえてくれたなんて、おなかの中にいる時から、よっぽど生命力も運も強い子だったのね〉

……ちょっと待て。

〈だーめ、待てませんっ。ほら、起きて。せっかく私が頑張って朝ごはん作ったのに、早くしないとお味噌汁が冷めちゃう〉

いや、ちょっと待ってくれ。

僕はひどく混乱してしまう。

だって、由里子さんとマスターの赤ん坊は?

〈だから、今日これから会いに行くんでしょう？　寝ぼけてないで早く起きてったら、もう〉

いい？　また寝ちゃわないでね、ご飯よそって待ってるからね。

そう言って、かれんが先に部屋を出ていく。キッチンのほうから水音が聞こえてくる。ベッドのそばには光射《さ》す窓。あのアパートの、僕の部屋だ。

――そうか……夢だったのか。

残された僕は、横たわったまま天井を見あげて涙を流す。安堵《あんど》の渦に呑《の》みこまれて息もできない。

――これが現実で、あっちが夢だったのか。

そうだよな。でなけりゃ、あんなひどいことが起きるはずがない。よかった。ほんとうによかった。危ないところだったけれど、僕はどうやら取り返しのつかない罪だけは犯さずに済んだのだ。よかった。

〈勝利くん〉

と、由里子さんの明るい声がする。ふり返ると、そこはいつのまにか風見鶏だ。

〈ほら見て、この子よ。会うのは初めてでしょう〉

抱っこしてやってよ、綾乃《あやの》ちゃんの時で慣れてるでしょ、と笑いながら赤ん坊を僕に差しだす由里子さんの服のおなかから下は、けれどべっとりと濡《ぬ》れて真っ赤だ。不審に思いながらも赤ん坊を抱き取ろうと手を差しのべ、覗きこむと、顔が。

顔が、ない。

かわりに宇宙のような暗闇《くらやみ》がぱっくりと口をあけていて、僕は絶叫とともに思わず手を引っこめ、赤ん坊は、床に、落ちる。とたんに響きわたる由里子さんの怖ろしい悲鳴……。

声にならない声をあげ、全身汗だくで目を覚ます寸前に思う。

ああ、まただ。また性懲《しょうこ》りもなく、途中で忘れてしまった。夢を、夢だと意識し続けるのを。夢の中で、ほんとうの現実を見失わずにおくのを。

部屋の天井——いま暮らしている宿舎の部屋の天井——に、だんだんと目の焦点が合ってくる。

僕は、震える手を持ちあげて、おそるおそる自分の顔に触《さわ》る。そこにちゃんと顔がある

かどうか、もしかして虚無の暗闇へ手を突っ込むようなことになりはしないか、触ってみるまで自信が持てない。

　丈からの手紙が着いたあとの数日は、最初の時と同じく、今回もそんなふうだった。無理やりいつも通りランニングをし、いつも通り朝食を摂《と》っても、とうていごまかしようのない顔色のままオフィスに行くと、おはよう、と僕を見る秀人さんやダイアンの目はすぐに気遣《きづか》わしげな気配を帯《お》びた。でも、二人とも何も言わなかった。言わないでくれることが彼らの優しさであり、厳しさでもあるんだろう。

　最初の手紙について、丈は不用意なことを書いたなどと言って謝ってきたけれど、そんなことはない。あいつの書いた言葉はどれひとつ間違ってなんかいない。

　踏みとどまるんだ、と改めて自分に言い聞かせる。

　歯を食いしばり、斬《き》りつけるように、何度も、何度でも、言い聞かせる。

*

　研究所の所長だった佐藤さんが、とうとう日本へ帰ることになったその日、ウルルの空はめずらしく曇っていた。

　それでも、あたりは変わらずに暑かった。照りつける日射《ひざ》しよりはましかもしれないけれど、雲がまるで落としぶたのように大気を圧迫していて、空港まで送っていく車の中はなんだか息苦しかった。あるいは単に、立ちこめる沈黙のせいだったろうか。よくわからない。

　ハンドルを握っているのは秀人さんで、僕は言うなればただの荷物持ちというか見送り要員だった。ダイアンは留守番が必要だからと言って研究所に残ったけれど、空港なんて片道十分の距離だ。ほんの一時間ばかりオフィスを閉めておけばそれで済む。

　それでもあえて一緒に来ないのは、ダイアンなりの静かな意思表示なんだろう。大人だから、さよならの挨拶《あいさつ》もハグもふつうに交《か》わして別れたけれど、ほんとうは、いきなり所長としての責務を放りだすような行動を取った佐藤さんに対して、とても怒っているのだ。そのことは誰もがわかっていた。おそらく、佐藤さん本人も。

「このへんで座って待ってて下さい」

　秀人さんは隅っこのベンチに僕らを残し、佐藤さんの代わりにカウンターへ手続きをし

に行った。航空会社のスタッフに友人がいるおかげで、席のことや何か、いろいろと便宜《べんぎ》を図ってもらえるらしい。

こんな小さな空港から日本への直行便はないから、まずはシドニーへ飛んで、そこから成田《なりた》行きに乗り換えることになる。郷里の福岡《ふくおか》へ帰る前に、横浜《よこはま》に寄って妹さん家族と十年ぶりに会うのだとかいう話だった。

佐藤所長……もとい、佐藤さんと二人きりになるのは久しぶりだった。僕がこっちへ来てしばらくの間は、佐藤さんもわりと元気だったから言葉を交わすこともあったけれど、ここ最近は顔を合わせる機会さえ少なくなっていた。あちらがほとんど引きこもり状態になってしまっていたからだ。

ベンチに座り、向こうのカウンターを見やると、秀人さんのひときわ大きな背中は、順番を待つ人たちの列の後ろに並んでいる。彼が戻ってくるまでずっと黙っているのも気詰まりで、

「寒く、ないですか?」

僕は思いきり当《あ》たり障《さわ》りのない話をふった。

「……え」

のろのろと佐藤さんがこっちを向く。

「そこ、空調の風が当たって寒くないかなと思って。なんなら、向こうのベンチに移りましょうか？」

「……ああ。……いや、大丈夫。ありがとう」

外が暑かったぶんだけ、エアコンの効《き》いた空港の建物に入るなり一気に汗が冷えて、じっとしているとまるで冷蔵庫の中にいるみたいだ。

ここから日本までは、合計十時間以上もの長いフライトになる。このまま空の上やらシドニーの空港でずっと体を冷やされ続けたら、それでなくともこんなに弱っているおじさんなんか、てきめんに風邪《かぜ》をひいてしまうんじゃないだろうか。

ぱさぱさと乾いた生気の感じられない顔を見ていたら、急にものすごく心配になってしまって、僕は言った。

「飛行機に乗ったら、すぐ毛布を借りて下さいよね」

「……うん。ありがとう」

「僕の時もそうでしたけど、寒いって言ったら何枚でも持ってきてくれるはずですから。やせ我慢なんかしちゃ駄目ですよ」

「そうだね。うん」

「あとはもう、ぐっすり寝ちゃって下さい」

「うん」

頷《うなず》いた佐藤さんが、ようやくふっと笑った。

「なんですか?」

「……いや。今さらだけど、和泉くんとは、もっといろんな話をしてみたかったなあと思ってね。私がこんな為体《ていたらく》だから、きみにもずいぶん迷惑をかけてしまった。——まったく申《もう》し訳《わけ》ない」

薄くなった頭のてっぺんの毛が、空調の風に頼りなくそよいでいる。

「そんなことないです」

と、僕は言った。

「それどころか、すごく感謝してます。英語もろくに話せない、何の役にも立たない人間

を、黙って研究所に置いて、ずっと良くして下さって……本当に、ありがとうございました」

「いやいや、私の判断じゃないよ。秀人くんの推薦《すいせん》だったから、一も二もなく信用したまでだね」

「それでもです。佐藤さんには、アボリジニの人たちのこととかも、初歩からいろいろ教えて頂いたし」

「ああ、そうだったなあ」

窓の外、遠くの地平線のあたりを見やって、佐藤さんは目を細めた。

半生ぶんの情熱を捧《ささ》げてきたオーストラリア先住民の研究――。現地でのそれを実現させるためには、どれほどの困難を乗り越え、煩雑《はんざつ》な手続きを踏み、どれだけの人を説得しなくてはならなかっただろう。

「きみは、私たちが何も言わなくても自分から勉強して、精いっぱい役に立とうと努力してくれていた。若い人の頑張りは、傍《はた》で見ていても気持ちがよかったよ。最後にいいものを見せてもらって、礼を言うのは私のほうだ」

曇天の下、駐車場へ向かう道の植え込みには、黄色い花がまばらに咲いていた。剣のように尖《とが》った葉を持つ、愛想のない花だった。

カウンターのほうをふり返ると、並んでいる秀人さんもこっちをふり向いたところだった。なかなか進まない列の後ろで、やれやれと肩をすくめてよこす。ほんとうに狭い空港だし、時間帯から言っても混んでいるわけではないのだけれど、そのぶんスタッフも少ないから仕方がない。余裕を持って出てきて正解だった。

「こんなこと、僕なんかが勝手にどうこう言っていいものかどうかわからないんですけど」

まだ外を見ている佐藤さんに、僕は言った。

「秀人さんとかダイアンは、佐藤さんと長く一緒にやってきたぶん、いろいろ複雑な思いがあるんだと思うんです。二人とも、佐藤さんの奥さんとだって親しかったわけだし、秀人さんなんか、お姉さんみたいに慕《した》ってたんだって言ってました。すごく面倒見てもらってたって。そのあたりのことについては、後から来て置いてもらってるだけの僕にはわかりません。あの二人がどれだけ悲しんだかってことも、正確にはわからないです。だけど

……こんなこと言ったらものすごく無責任に聞こえるかもしれませんけど……正直なとこ、佐藤さんが今抱《かか》えてる気持ちのどうしようもなさみたいなものは、僕のほうが、他の二人よりも正確にわかるような気がするんです。愛子さんてひととは直接お会いしたことなかったですけど、それでも」

佐藤さんは、ずっと黙って外を見ているだけだった。横顔からは何の感情も読み取れない。でも、いま彼の体の中に吹き荒れているものは、僕がよく知っているのときっと同じものだった。

大事なひとを永遠に喪《うしな》ってしまった後の、途轍《とてつ》もない哀《かな》しさと、途方もない寂しさ。無限に巡《めぐ》る後悔や、世界にただひとり置き去りにされたかのようなよるべなさ。魂《たましい》どころか背骨も、あばら骨も、まるでイカの胴体からはらわたを抜くかのように根こそぎ引っこ抜かれてしまって、体のどこにも力が入らない、息を吸うのも億劫《おっくう》で……いっそのこと全部終わりにしてしまいたい、あの感じ。

想像で言っているわけじゃない。僕の場合は大事なひとを喪ったと言うより、大事なひとたちに命より大事なものを喪わせたと言うほうが正確だけれど、それでも、重なる部分はたくさんある。奥さんを亡くして腑抜《ふぬ》けになった佐藤さんが、大人社会の理屈の中でどれほど不甲斐《ふがい》なく無責任に見えたとしても、僕にはそれを責めることなんてできなかった。自分を見ているようで苛立《いらだ》つ部分がないと言えば嘘になるけれど、それでも、ひりひりと痛い共感のほうが上まわった。

「もしも同じような立場に置かれたら、僕だってたぶん、今の佐藤さんみたいになると思うんです。っていうか、なります、きっと」

佐藤さんはやっと僕のほうに顔を向け、でも目は合わせようとしないまま、つぶやいた。

「きっと、か……」

「すみません。生意気なこと言って」

いや、とかすかに首をふる。

「私のほうも、きみがこっちへ来た事情については一応聞かされていたからね。生意気だなんていうふうには思わないよ。言ってくれていることも、きみの気持ちも、ちゃんと伝わっている。ありがとう」

カウンターに並ぶ列が、少し動いたようだ。滞《とどこお》っていたのは、前のほうの誰かに手続き

上のトラブルがあったせいらしい。その人がようやく済んで、ほっとした顔でカウンターを離れていくと、次からは進み方がいくらか早くなった。

「でもね」

と、佐藤さんが言った。見ると、視線は秀人さんの背中へ向けられていた。

「どんなに情状酌量《しゃくりょう》の余地があっても――いや、私の場合はそんなものは無いと思うんだが、たとえあったとしても――私のとった行動が、彼らへの手ひどい裏切りであることには何ら変わりがないわけでね。ダイアンなんかはああして、自分が怒っていることを伝えてくれるからまだいいが、秀人くんはほとんど表情に出さないからね。あの温厚な顔の下で、実際はどれほど私に失望しているかと思うと、申し訳なくて彼の目がまっすぐ見られない。うまく口をきくこともできない。そうやって、もともとは私を慕って協力してきてくれた彼らの顔色を、卑屈に窺《うかが》っている自分がまたどんどん情けなくなっていってね。目の前にしなくちゃいけないことがあるのはわかっているのに、ずるずる、ずるずる、先延ばしにしてしまっては、事態をいっそう悪化させてしまう。そうして彼らをまたあきれさせる。まったく、自分で自分がほとほと嫌《いや》になるよ」

「――わかります」

と、僕は言った。

「きみもそんなふうだった？」

「はい。……いいえ、もっと最低でした」

そう、とつぶやいて、佐藤さんは溜め息をついた。

「この期《ご》に及んで、何の責任もないきみにこんなことを話しているのだって、つまらん言《い》い訳《わけ》というか、年寄りの繰《く》り言《ごと》に過ぎないわけでね。ただ……これだけは、きみに言っておきたいんだ」

今日初めて、佐藤さんが僕の目を見た。

「和泉くん。きみは、まだ若い」

「………」

「若いうちは、若いと言われたって腹立たしいばかりかもしれないが、でもそれはね、和泉くん、今しか、ほんとうに今この時だけしか持っていられない、特別な財産なんだよ。若いということはつまり、まだたっぷり時間が残されているということだ。時間そのもの

が、今のきみの宝なんだ。だけど、あらゆる時間がそうであるように、若さという時間もずっと留《とど》めておくことはできない。あらかじめ目減りしていくことが定《さだ》められている財産だ。そうしてほとんどの人間は、実際に手の中から失われてしまってからでないと、その価値に気づくことができない。――わかるかい?」

「……はい」

と、僕は言った。噛《か》んで含めるような佐藤さんの言葉を、もう一度自分で噛みしめる思いで言った。

「私は、とうとう駄目だった」

「――え?」

「妻のいない人生に慣れようと、これでも精いっぱい頑張ったつもりなんだよ。連れ合いを亡くして、その後の人生をしっかり生きている人たちはたくさんいる。どんなに大事に想い合っていても、人間、心中でもしない限り同時に死ぬことはできないんだから、しょうがないじゃないか。運命だと思って受《う》け容《い》れるしかないじゃないか。そう思っては、心が萎《な》えそうになるたびに自分を叱咤《しった》激励してきたんだけれどね」

ふう、と大きな溜め息をつく。

「でも、やっぱり駄目だった。途中で力尽《つ》きてしまった。たぶん、医者にかかれば安定剤か何かを処方してもらえるんだろうけど、何というか……薬を飲んでまで頑張り続けることそのものに疲れてしまったんだ。もう、いいよ、負け犬で。これ以上、ここにはいたくない。ここにいる限り、何を見ても、その向こうに妻の影がちらつくんだ。まるで、そばに行かない私を責めるみたいに」

「佐藤さん」

「いや、大丈夫」

少し苦笑いして、佐藤さんは続けた。

「馬鹿な真似《まね》はしないよ。ほんとうの愛子は、そんなことで私を責めるようなひとじゃなかった。あくまでも私の妄想《もうそう》に過ぎないってことはわかってるんだ。ただ、その手の妄想は、むやみに力が強くてね。うっかり引きずりこまれてしまわないためには……」

「もう、ここを離れるしか」

「そう。まったく長い言い訳だが、要するに、そういうことなんだよ」

カウンターまで、秀人さんの前にはあと一人を残すだけになっていた。フライトの時間もだんだん迫ってきている。

今日ここで、この人と別れたら、どこかでもう一度会うことはあるんだろうか。たぶん、ないだろう。いつか思い立って居場所を探しあて、僕のほうから訪ねようとでもしない限り、このどこまでも人のいい、愛妻家の、でもどうしようもなく心の弱かったおじさんとは、もうこれっきりなんだろう。

「だけどね、和泉くん。話は戻るけど、きみは、私とは違う。きみには、時間もあれば若さゆえの生命力もある。自分の人生を、力ずくでねじふせてごらん。運命を従容《しょうよう》として受け容れるのは、もっと年を取ってからでもできる。今はまだ、とことん抗《あらが》っていいんだ。殴《なぐ》ろうが、嚙みつこうが、反則技だろうがかまわない。なりふり構わず戦って、とにかく勝てばそれでいいんだから」

そうして佐藤さんは、もう一度、まっすぐに僕の目を見た。

「自分が背負いきれなかった荷物を、きみに肩代わりさせるような真似をしてすまない」

「いえ、そんなことは」

「ほんとうは、わかってるんだよ。自分の影法師を振り切ることのできる人間がいないのと同じでね。地球のあちら側へ戻ったって、結局私は、愛子の影から解放されることはないんだろうって」

　ああ、やっぱりこの人とはよく似ているんだ、と思った。丈の手紙を読むたびに見る、そのつどさまざまに苦しい夢。だが、この世の果てまで逃げ続けたところで、自分の見る夢から逃げきれる人間なんているわけがない。

「しょせん、負け犬の言い草だから、取るに足りないと思ったら、忘れてくれていい。でも、負け犬にしか言えないことだって、あるとは思わないかい？」

　薄笑いを浮かべながらそう言うと、佐藤さんは自分の膝《ひざ》に両手をついて立ちあがった。見ると、秀人さんがこちらへ戻ってくるところだった。

「はい、これがチケット。こっちがシドニーまでので、二枚目がシドニーから成田までのです。トランクは、日本までスルーで預けてあるんで、着くまで何も気にしなくて大丈夫」

　てきぱきとじゃなく、あえてのんびりした口調で説明するのは、きっと佐藤さんの気持

ちに合わせてのことなんだろう。

「パスポート、バゲージクレームのタグはここに貼《は》ってあります。なくさないで下さいよ。ちゃんと持ってますよね」

「うん。ありがとう」

一つしかない搭乗ゲートへ向かって、僕らはゆっくり歩きだした。

小さな手荷物のショルダーバッグを僕がかわりに持とうとすると、佐藤さんは首をふって、自分の肩にかけた。

「昨日《きのう》もお話ししましたけど、ほかの引っ越し荷物は、半月くらいあとに福岡のお宅へ届くように手配してあります。細かい日時とかは、日本の業者と相談して決めて下さい。所長の携帯に連絡が入るようになってますから」

「ありがとう。でももう、所長じゃないよ」

「あ、そうか、ええと」

「所長は、きみだ」

どちらからともなく立ち止まる。

オーストラリア人と比《くら》べても体の大きな秀人さんが、小柄な佐藤さんを見おろす。

「秀人くん」

佐藤さんが、かすれ声で言った。

「今さらだけど、きみには、何と言って謝ったらいいか……」

「いえ」

一度だけ、強くかぶりを振って、秀人さんは言った。

「それは、もう、わかってるつもりですから」

「うん。——とにかく、ありがとう。こんな不甲斐《ふがい》ない私を、ずっと信じてついてきてくれて、ほんとうに嬉《うれ》しかった。それから……愛子を、慕ってやってくれてありがとう。子どものいない私らには、きみがまるで息子みたいに思えて、まぶしかったよ」

秀人さんの、まっすぐに結んだ唇《くちびる》の端が震えた。目は潤《うる》んで真っ赤に充血し、必死にこらえているせいで小鼻がふくらんでいる。

僕は、視線を落とした。

「じゃあ」

と、佐藤さんが右手を差しだす。

一瞬の間があった。まさか、握手を返さないつもりかと思った。

そうじゃなかった。秀人さんは、いきなりひったくるようにしてその手を握り、そのまぐいっと引き寄せて、左腕で佐藤さんの肩を抱きかかえた。

歯を食いしばり、黙ってぼろぼろ涙をこぼす秀人さんの腕の中で、佐藤さんもまた、うん、うん、と頷きながら泣いている。

ゲートへ向かう人たちが、驚いたように、あるいは微笑《ほほえ》ましげに眺めては通り過ぎる。

案内のアナウンスが流れた。

秀人さんは、最後に佐藤さんの背中を、ぽん、ぽん、と優しく叩《たた》いてから体を離した。

シャツの袖口《そでぐち》で、頰《ほお》と鼻の下を拭《ぬぐ》う。

「すいません。みっともないところを」

「いや。本当にありがとう」

「いつか、また」

「うん。連絡するよ」

「そうして下さい。ダイアンも俺も、待ってますから」

頷いた佐藤さんが、片手をあげて、搭乗口へと消えていく。荷物をかけていないほうの肩が少し下がっていて、それが佐藤さんをなおさら寂しげに見せていた。

じっと見送る秀人さんを、僕は、その後ろから見ていた。この人の背中が小さく見えたのは初めてだった。

やがて、秀人さんはふり返り、僕を見て照れたような苦笑いを浮かべた。

小さく洟《はな》をすすって言った。

「ダイアンには、黙っといてくれよ」

3

アルバイトの僕まで含めても所員が三人だけになった研究所は、どうしてもがらんとして見えた。

僕がこっちへ来て以来ずっと、佐藤さんが研究所にいることのほうが稀《まれ》だったから、そういう意味では目に見える光景はさほど変わらないはずなのに、なぜだろう――〈今日もまた来ていない〉というのと、〈もう二度と来ることはない〉というのとでは、ずいぶんと大きな違いがあるのだ。

壁のカレンダーは、とうとう最後の一枚になった。それなのに外は地獄の暑さなのだった。

大地は真っ赤に焼けたフライパンのようで、研究所の建物から数百メートル離れたスーパーまで歩いていくのだって命がけだ。

大木の木陰《こかげ》を選んでジグザグに歩きながら、吸いこむ息が肺を内側からカッと炙《あぶ》る。ユーカリの細長い葉がそよぐことはあっても、吹く風そのものが熱風なので何の慰《なぐさ》めにもならなかった。

十二月第一週の土曜日だった。

その日、バイトが休みだった僕は、昼まで部屋で寝ていた。もう少し正確に言うと、朝早くいつもどおりの時間に起き、いつもどおり五キロくらい走って戻り、シャワーを浴びて、朝飯を作って、食べてから再び寝たのだ。

一週間に一度くらいは、そういう日があったっていいはずだった。いくら慣れてきたといっても、異文化の中での生活はけっこうな緊張を強《し》いられる。それに経験から言って、ふつうの夜の時間帯よりも明るい時間の睡眠のほうが、夢にうなされる確率がいくらか低いのだ。深く眠らずに済むせいかもしれない。

けれどこの日、僕を待っていたのは、いつもとはまた別の悪夢だった。

ベッドの端がふいに沈みこんだ気がして、夢の中で目を開けると、腰のすぐ左横のあたりにアレックスが座り、しげしげと僕を見おろしていた。

(なんで彼女なんだよ)

と思った。

この角度で、このシチュエーションで見あげたい顔はもっと別にあるのに。

でも、あるいはこれも神の情けってやつかもしれない。夢でさえ触れてはいけない顔を、夜ごと間近に見つめさせてばかりいるのは可哀想《かわいそう》だと思し召《おぼめ》して、今回だけは適当な登場人物を用意してくれたのかも……。

淡い金色の髪が、ブラインド越しの光に透《す》けている。かたちのいい唇《くちびる》がかすかに動く。

何かを問いかけるような目をして、アレックスが首をかしげる。

何を問われているのかわからない。とりあえず頷《うなず》き返し、吸いこまれそうなエメラルド色の瞳《ひとみ》をぼんやり見つめ返しながら、ふと思った。もしかして、天使と死神は同じ顔をしているんじゃないか……?

アレックスの左手が伸びてきて、僕の顎先《あごさき》に触れる。指に巻かれた包帯の、ざらりとした感触が伝わってくる。

それから彼女は、上半身を倒して顔を近づけてくると、僕にそっとキスをした。

さすがにびっくりした。まさか僕は、潜在意識の下でこんなことを望んでいたのだろうか？　アレックスとのキスを？

彼女からは、花と果物《くだもの》が合わさったみたいないい匂《にお》いがした。やけにリアルだった。

再び体を起こしたアレックスが、着ているTシャツの裾《すそ》に両手をかけ、あっというまに脱いで床に落とす。シャンパンゴールドのブラと、そばかすの散った胸元が眼前に迫ってきた時、鈍《にぶ》すぎる僕はようやく思い至った。

こんな夢があるか？

っていうか——夢じゃ、ない？

「ちょ……ちょっと待っ……」

短パンの前ボタンをはずしかけていたアレックスの手首を、すんでのところでつかんで押さえる。

「ストーップ！」

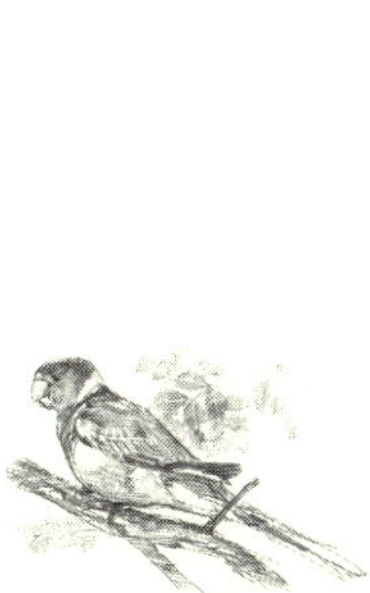

いきなりの僕の大声に、彼女は目を見ひらいて動きを止めたものの、すぐにまたふつうの顔に戻って短パンを押し下げ始めた。

「や、だからちょっと待てって！　勝手に入ってきて何してんだよ」

「ノックはしたわよ。鍵《かぎ》開けたままグースカ寝てるのがいけないんじゃない」

「だからって、いきなり脱ぐことはないだろ」

「はあ？　私、さっき訊《き》いたよね、『する？』って。あなた頷いたじゃないの」

「えっ？　いや、あれはそういうつもりじゃ、」

「今さらビビるだなんて男らしくないよ」

「なくていいよ！」

「……」

アレックスが聞こえよがしの溜め息をつく。

「ねえ、イズミ。難しいことはいいじゃない。何も恋愛しようとか、私と付き合えとか言ってるんじゃないんだから」

「だからって、それでどうしてこういうことになるんだよ」

「だってなんだか急にしたくなっちゃったんだもん」

僕は、あっけにとられてアレックスを凝視《ぎようし》した。口がぽかんと開いていたんじゃないかと思う。

「ばかみたいな顔しないで」

と、彼女はうんざりした様子で言った。

「あなただって、事情はよく知らないけど、日本にいる恋人とは会えないんでしょ？　だったらかまわないじゃない、今ぐらい。セックスしたからってべつに何かが変わるわけじゃなし」

「か、変わるだろう、ふつうは！」

「何それ。日本の男って、みんなあんたみたいに面倒くさいのばっかりなの？」

日本の男だけじゃない、オーストラリア人だってまともな男なら同じように考えるはずだと思ったが、どういうわけか英語がぜんぜん出てこなかった。あまりのことに思考が麻《ま》痺《ひ》しかけていたのだ。

「……とにかく、服を着てくれってば」

「頑固《がんこ》ねえ」

やれやれと首を振って、アレックスが言う。

「女の子と気持ちよくなりたくないの？　あ、もしかしてイズミって、ゲイ？」

「ＮＯ！」

力いっぱい否定したときだ。

コンコン、とノックの音がして、ドアが開いた。

「なーに一人で騒いでるんだよ」

笑いながら入ってこようとした秀人さんが、僕らを見るなり固まった。

次の瞬間、「ごめん！」とドアを閉めかける彼に、僕は叫んだ。

「違うんです、秀人さん、た……助けて！」

アレックスが、ものすごく冷ややかな目で僕を見た。

「サイテー」

日本語で言った。

どっちが最低なんだよ、と思う。

百歩譲《ゆず》って彼女のほうに悪気とか他意はなかったとしたって、それならそれで、他意もなくああいう誘いをかけられるということそのものがおかしいし、どうかしている。

ひとの価値観はそれぞれで、自分の価値観だけが必ず正しいわけじゃない。

でも、アレックスの持っているモラルは、これまで僕が僕なりに大事にしてきたものとは根本的に違い過ぎていて、とてもじゃないけれど受《う》け容《い》れることなんてできなかった。奔放《ほんぽう》なのはしょうがない、だってミュージシャンなんだから、なんて理屈をここに持ちだすのも、たぶん音楽をやっている他の人たちにとても失礼な話だろうと思う。身持ちの堅《かた》いミュージシャンだって、世間にはたぶんいっぱいいるはずなのだ。

秀人さんはあの日、アボリジニの長老にもらったカンガルー肉を、僕にも分けてくれるつもりで寄ったらしい。アレックスの車は研究所の前に停まったままだったから、まさか彼女が僕の部屋にいるとは微塵《みじん》も思わなかったのだと言った。

「返事も確かめずに開けちまって、ほんとすまん」

気まずそうに謝る秀人さんに、

「いや、マジで助かったんですってば」

と僕は言った。

「あの時ばかりはもう、崖《がけ》っぷちに追い詰められた野ウサギの気分でしたよ」

「俺が行かなかったらあのまま食われちまってたとか？」

「いえ。そんなことになるくらいなら、いっそ谷底へ飛びこみますね」

は、と秀人さんが笑う。

「ある意味、アレックスも災難だったのかもなあ。据《す》え膳《ぜん》を絶対食わない男にちょっかいなんか出しちまって」

「やめて下さいよ、どっちの味方なんですか」

「とりあえず、ダイアンには内緒にしておくほうがいいよな」

「そうでしょうね。こっちにはやましいことなんか何もないけど、あの二人がまたケンカになるのを見るのはちょっと……」

　ったく、アレックスもなあ、と秀人さんが嘆息《たんそく》する。

「ああ見えて、ちょっと難しい子だからなあ」

「見たまんまだと思いますけどね」

と僕は言った。

「だけどさ、いい子なんだよ、本当は。優しいとこもあるし、案外と義理堅《ぎりがた》くて、約束したことを反故《ほご》にするようないいかげんさはまったくないし」

「いいかげんでしょうが！　好きでもない男の前でぽんぽん服を脱ぐ子の、どこがいいかげんじゃないって言うんですか」

「いや、まあ、それとこれとはまたちょっとさ……」

かばおうとする秀人さんも、いささか歯切れが悪かった。

女性たるもの、できれば奥ゆかしさと羞《は》じらいを忘れずにいてほしい——。それは、腹立たしいけれど、なるほどアレックスの言うように、僕ら日本男児にあらかじめインプットされている独特の価値観なのかもしれなかった。

＊

「それはそうとあなた、いつごろまでこっちにいる予定なの？」

ダイアンが妹に向かってそう訊《き》いたのは、十二月の半《なか》ばの月曜日だった。

アレックスはあれからあとも、ホテルのプールに飽きたと言って研究所にやってきては、隅っこのソファでペーパーバックの小説を取っかえ引っかえ読んでいる。昨日《きのう》も来たし、一昨日《おととい》も来た。今日なんか、朝食をとるなりその足で来た。

飽きたと言うんならそろそろシドニーに帰ればいいのに、と僕も内心思っていたところだった。本なんか家でだって読めるだろう。

「いつまでって、何よそれ」

ソファに寝転がったアレックスが、本の陰《かげ》からじろりとダイアンを見る。文字を読むときだけは眼鏡《めがね》をかけるのが常らしい。髪と同じ色のきゃしゃな金縁《きんぶち》眼鏡だ。

「さっさと帰れってこと？」

「そうじゃないわよ」

「そんなに邪魔？」

「違うったら、もう。クリスマスも近いからと思って、単に予定を訊いただけじゃないの。

そうやっていちいち言葉尻をつかまえて突っかかるの、あなたの悪い癖よ」

もう大人なんだから直しなさい、とダイアンが言うと、アレックスは無言でくいっと顎《あご》をあげ、本のページに目を戻した。

しばらくして、

「……予定とか、とくに決めてないけど」

ぼそりと言う。

「仕事のほうは大丈夫なの？」

「大丈夫じゃなかったら、ここにいない」

「そりゃそうだろうけど、サイトの更新も止まったままだし。いつもだったら、半年くらい先のライヴの予定だって載《の》るじゃない。どうなの？　しばらくないの？」

「ない」

「ふうん。どうして？」

「バックバンドの連中も、ツアースタッフもみんな充電期間中だから。いいじゃない、私だってせっかくオフを楽しんでるんだから、ほっといてよ」

「だってあなた、ぜんぜん楽しんでるっていう雰囲気じゃないんだもの」

「大きなお世話」

ダイアンがなおも何か言いかけて、黙る。小さな肩が、ゆっくりと上下する。音のない溜め息だった。

と、ふいに奥から秀人さんが言った。

「そうだ、アレックス。きみ、今日は何か予定入ってる？」

げ、と思った。

アレックスが再び、ペーパーバック越しに視線を投げる。

「べつに何もないけど」

「そうか。いや、じつは俺、今から人と会いにアリス・スプリングスまで行かなくちゃならないんだけどさ。ゆうべ、なんでだかほとんど寝られなかったもんで、運転に自信がないんだ。勝利くんも一緒に行ってくれることにはなってるけど、彼だってまだ仮免許だろ。行きだけで四百五十キロもあるのに、ずっと一人でハンドル握らせるんじゃ、あまりにも可哀想《かわいそう》だし……」

「え、ぜんぜん大丈夫ですよ」

と僕は言ってみた。

片道四百五十キロ。となると、平均時速七十キロで走ったとしても、六時間以上はかかる。そんなに長く運転したことなんて、もちろん無い。

でも、長時間の運転より、一日じゅうアレックスと一緒に行動するほうがもっとストレスになりそうな気がした。彼女とは、あの一件以来ほとんど口をきいていない。狭い車内で、何か話すのも黙っているのも気詰まり、という微妙な時間に耐えるのは、どう考えても苦痛だった。秀人さんもいったい何を言いだしてくれるやら。

「地図で見たら道はほとんどまっすぐだし、べつに何てことないですよ。さっきも話してたとおり、先に秀人さんが寝てってくれれば起きたら替わってもらえるし」

「や、でもさ。もしアレックスも含めて三人で交替しながら運転して行けるなら、今夜向こうに泊まらなくても、用事が済んだらそのまま戻ってこられるだろ？　こっちに着くのはだいぶ遅くなるだろうけど、できればそのほうが俺はありがたいなあ」

どうかな？　とアレックスのほうを見やる。

彼女は、ちらりと僕を見て、それからまた秀人さんに目を戻すと、めんどくさそうに言った。

「私はべつにいいけど。そっちの人がイヤなんじゃないの?」

「こらっ、もう。あんたはまたそういう言い方する」

と、何も知らないダイアンが妹をにらむ。

「ごめんね、イズミ。ほんとは私が一緒に行ければいいんだけど、今日はマリアから頼まれごとしてて……」

そんなにすまなそうに言われると、かえって困る。

「いやそんな。僕だって、彼女さえほんとに面倒じゃないなら、一緒に行ってもらえれば助かります。けど、その手で運転なんて大丈夫かな」

まだ包帯を巻いたままの指を心配するふりで、望みをこめて訊いてみる。アレックスはあっさり言った。

「問題なし」

“No problem.”と言ったにもかかわらず、ニュアンスとしては“Not your business.”《あんたにカンケーない》の

ほうに近く聞こえた。

　僕の耳がひねくれているとは思えない。

「じゃ、決まりだな」

　ありがとうアレックス、と上機嫌《じょうきげん》で言った秀人さんにさえ、彼女は黙って肩をすくめてみせただけだった。

4

もちろん、僕にだって秀人さんの意図くらいわかっていた。

ゆうべあまり良く寝られなかったというのも、そんな状態で僕と二人きりでは道中が心《こころ》許《もと》ないのも事実だろうけれど、それより何より、アレックスに気晴らしの機会を与えてやりたかったんだと思う。あのままダイアンと鼻をつき合わせていて、姉妹の仲がますますこじれてしまうのを懸念《けねん》した部分もあったかもしれない。図体《ずうたい》はでかいけれど、心は繊細《せんさい》な人なのだ。

午前九時過ぎに、僕らはクーラーボックスに水のボトルを何本も詰めて、ウルルを出発した。最初にハンドルを握ったのは僕で、秀人さんは爆睡することを前提に後部座席。助手席にアレックスが座った。

車の単調な揺れに誘われたのだろう。十分もたたないうちに、後ろから寝息とイビキの中間くらいの音が響き始めた。

つられて居眠りしないようにしなければ、と気を引《ひ》き締《し》める。何しろ道は、うんざりするほど真《ま》っ直《す》ぐなのだ。四百五十キロ先の目的地まで、たったの三回くらいしか曲がらない。

そして、その道の両側にはまた、ただひたすらに果てしない荒野が広がっているのだった。右を見ても、赤い大地と乾いた緑。左を見ても、赤い大地と乾いた緑。前を見ても道路以外は同じ。バックミラーに映る風景も同じ。

対向車とすれ違うことも稀《まれ》だ。隆起しながらも延々とのびる道路には、いつも前方にゆらゆらと水たまりのような逃げ水が見えていて、近づいていくとスッとかき消える。それ以外に、動くものはほとんどなかった。

「気をつけてないと、たまに茂みからカンガルーが飛びだしてくるってさ」

そう言ってみたのだが、助手席からは、

「ふうん」

という短い返事が返ってきただけだった。

たぶん、後ろの秀人さんの眠りを妨《さまた》げないようにという配慮なんだろう。無理やりそう思うことにする。

三時間ちょっと走っただろうか。曲がり角の集落にあるガソリンスタンドで、給油のついでにランチ休憩をとった。食事のあと、トイレの長い秀人さんを待ちながら、不味《まず》いのを承知でコーヒーを買って戻ると、アレックスが運転席に座っていた。コーンのチョコレートアイスをかじっている。

「え、いいよ」と僕は言った。「まだ疲れてないし」

「いい。替わる」

「いや、いいって」

「うっかり居眠りでもして事故られたんじゃ、こっちが困るってだけよ。あと残り半分くらいでしょ。そんなに運転したいんなら、また帰りにすればいいじゃない」

そこへ、秀人さんが戻ってきた。やっぱりチョコのアイスを持っている。

「おー、今度はアレックスの運転かあ。これでやっと安心して寝られるな」

「何言ってんですか、さんざんイビキかいてたくせに」

むっとなって僕が言うと、ごめんごめん冗談だって、と笑いながら秀人さんは僕にもアイスを手渡してくれた。

アレックスの運転する車に乗るのは初めてだった。何度も言うようにとにかく道が真っ直ぐなので、技術的に巧《うま》いのかどうかもわからない。ブレーキを踏むことすらめったにないのだ。

いずれにしても、しばらくすると秀人さんはまたイビキをかき始めた。ゆうべ眠れなかったのは、きっと、今日これから会うという人との話の内容について考えていたせいに違いない。

相手は、秀人さんとダイアンが以前働いていた、キャンベルにあるアボリジニ研究所の主任だった。知人の見舞いでアリス・スプリングスの病院を訪れるというので、そこで落ち合うことになった――ということまでは僕らに話してくれた秀人さんも、その人と会ってどういう事柄について話し合うのかについては何も言わなかった。けっこう深刻な話なのかもしれない。

自分で運転している時よりもむしろ、助手席でただ前を向いているほうがしんどいものだとすぐにわかった。間《ま》が持たなくて落ち着かないのだ。アレックスに話を振ってみても会話なんかろくに続かないし、ラジオを聴こうにも、秀人さんが音で起きてしまってはと思うとそうもいかない。

一定の音程でひたすら続く走行音に、僕まで眠気を誘われる。磁石が引き合うかのように上下の瞼《まぶた》がくっついてゆき、首がカクンッとなって慌《あわ》てて目を開けるのだが、またどうしようもなくふさがってゆく。

「寝てっていいわよ」

何度目かのカクンッを見かねたのか、アレックスが言った。

「や、ごめん。助手席で寝るなんて非常識なこと」

「あなたってほんっと、いちいち面倒くさいなあ。帰りも運転するんでしょ？　今のうちに寝といて、って言ってんの」

「………」

ちきしょう意地でも寝るもんか、と思った。

ふと、車の停まる気配に目があいた。見回すと、横一列に何台もの車が並んでいる。目の前には白い建物。病院の駐車場だ。

やばい。いつのまにかすっかり深く眠りこんでしまったらしい。

何か言われるのを覚悟しながらアレックスを見やったのだが、彼女は何も言わなかった。ぐいっとサイドブレーキを引き、体ごと後部座席をふり向いて、「ヒデ！」と呼ぶ。

「着いたわよ。ねえ、起きてったら」

大きなあくびと伸びをした秀人さんが、目をこすりながら、フロントガラス越しに病院の建物を見あげる。それから腕時計を見て、

「すごいな。見事にオンタイムだ」

「途中、渋滞してなくてよかったわね」

アレックスが冗談とも本気ともつかない口調で言った。

「たぶん、打ち合わせに二時間くらいはかかると思うんだ。悪いけど、二人でそのへんを散策しててくれないかな」

オーカイ、とアレックス。

「済んだら、勝利くんの携帯に連絡するから」

わかりました、と僕も言った。

僕の携帯というのは、最近になって持たされたプリペイド式のものだった。おもに言葉の問題が少しずつクリアされてきたおかげで、仕事中も僕一人で行動する機会が増えてきて、そうするとたしかに携帯がないと不便だと感じる瞬間がままある。人間、便利と楽をいったん覚えてしまうと、なかなか元へは戻れない生きものらしい。

ともあれ、僕らは秀人さんをそのまま病院に残し、車を移動させた。

だが、散策と言ったって右も左もわからない。適当に時間を決めて別行動でいいんじゃないかと思ったのだけれど、

「こういう時はまず、地図でしょ」

アレックスはさっさとハンドルを切り、来るときに前を通りかかったというビジター・インフォメーションセンターに寄って、アボリジニの女性スタッフから町の地図をただでもらった。通りの名前まで全部書いてある詳《くわ》しい地図だった。

「ここの丘に登ると、全体がよくわかるって」

中心部の北側あたりを指さす。健康そうな人差し指の爪の先には、アンザック・ヒル、という丘の名前があった。

車で登ってみると、その小高い丘のてっぺんは展望台のようになっていて、戦争記念碑の尖《とが》った白い先端が天をさしていた。風景も違えば、もちろん海だって見えやしないのに、僕はなんとなく鴨川の展望台を思いだして胸が苦しくなった。斜面に生《は》えている木々の感じが、記憶のどこか隅っこを刺激したらしい。

風にはためく国旗と州旗の下に立って眺め渡すと、町の全貌はもとより、周囲を火口のようにぐるりと取り囲む赤い台地や、その切れ目のさらに向こうへと続いていく空と緑と家並みをすべて見て取ることができる。

そうして見る限り、町の中心部は本当に小さかった。高い建物なんてひとつもない。

東側にはゆるやかに川が流れている。

西の方角には鉄道の駅があって、線路が蛇行《だこう》しながら延びている。

有名な豪華列車ザ・ガン号も、あの駅に発着するのだろう。オーストラリア大陸ほぼ最北の都市ダーウィンと、南のアデレードをつなぐ陸路の、ちょうど中間地点がこの町なの

だ。

今はその線路を、長々と連《つら》なる貨物列車がのろのろと走っているのが見えた。間に遮《さえぎ》るものが何もないので、思いのほかはっきり耳に届くその音は、それでも風向きによって小さくなったり大きくなったりした。

しばらくたってアレックスの気が済んだところで、僕らは再び車に乗り込み、下界に降りた。

さっきから、運転はずっとアレックスがしている。僕もわざわざ異は唱《とな》えなかった。だだっ広いだけのウルルあたりと違って、たとえ小さくてもこんな町なかでは、どこから何が飛びだしてくるかわからない。仮免許の身で絶対に事故らない自信はなかったし、ふだんからシドニーという大都会での運転に慣れている彼女に任せたほうがいいにきまっていた。

「もっと、さびれてるのかと思ってた」

道路脇《わき》のパーキングエリアに車を停めてぶらぶら歩きだすと、アレックスが言った。

顔半分を覆《おお》うくらい大きなサングラスをかけ、つばの広い麦わら帽子を無造作《むぞうさ》に頭にのせている。首から下は、カーキグリーンのタンクトップの上に白いシャツ。麻《あさ》の短パンはこのあいだ僕の目の前で脱ごうとしたやつで、素足にはコンバースをはいている。なんて細い足首なんだ……と、ゆうに五秒くらいじっと見てしまってから、僕は慌てて目をそらした。

「――そうだね。寂しいって雰囲気はあんまりないよね」

どうしてだろう、空が広くて緑が多いせいだろうか。人の姿は少ないのに、ぽっかり明るい感じがするのだ。

一本だけ延びた目抜き通りは車が入れないモールになっていて、中くらいのショッピングセンターの他にも、いろんな店が並んでいた。「赤いカンガルー」という名の書店や、「寂しいディンゴ」という名のギャラリーや、わりあいに垢抜《あかぬ》けたカフェやパブ。どの店にもそれなりにクリスマスの飾り付けがされていたが、ありがちな雪の結晶なんかは少なかった。それどころか、サンタの橇《そり》を、トナカイではなくて六頭立てのカンガルーたちが引いていたりする。たしかに、こんな炎天下に働かされたら、トナカイなんかすぐ熱射病でぶっ倒れてしまうだろう。

白人の観光客の姿もちらほら見かけたけれど、行きかう人のほとんどはコーヒー豆色の肌をした人たちだった。この町では、二万五千人ほどいる住人のほとんどがアボリジニなのだ。

モールの中ほどにある広場に足を投げだして座り、互いに喋《しゃべ》っている人もいれば、何かを食べている人も、自分の描いた絵を並べて売っている人もいる。ほとんどの人は定職がなさそうだけれど、傍《はた》から見る限り、あんまり切羽詰《せっぱつ》まった様子はなかった。道をゆく人たちの歩みは、まるで一歩ずつ何かを確かめるかのようにゆったりとしていた。急ぐ必要なんて何もないのかもしれない。頭上には大きなユーカリの木がそびえ、日の光が強いぶんだけ、濃い木陰《こかげ》を作っていた。

ときどき時計や携帯の着信を気にしながら歩きまわるうちに、少し疲れてきた僕らは、カフェでバラ売りのクッキーを一枚ずつと冷たいジュースを買い、広々とした芝生の広場に移動して、そこでひと休みすることにした。

車を停めさせてもらったのは、目の前の施設の駐車場だった。スペースはいくらでもあったが、門のところに航空隊のエンブレムみたいな看板がかかっていたのでいささかびび

った僕に、

「大丈夫、フライング・ドクターについての見学施設ですってよ。実際の無線連絡基地にもなってるみたいだけど」

と、アレックスは言った。

「この国じゃ、僻地《へきち》に住んでるとお医者にかかるのも大変だから」

それで、緊急の時には医者のほうがヘリやセスナに乗って現場に駆けつけるか、あるいは患者を乗せてしかるべき病院に空輸するというわけらしい。まったくもってつくづくと、広すぎる国だった。

大きな木の根元に僕が寝転がると、すぐそばで、アレックスも同じように仰向《あおむ》けになる。草の汁が白いシャツについてシミになるんじゃないかと思ったが、言えばまた「イズミって面倒くさい」とか言われてしまいそうなので黙っていた。知ったことじゃない。僕が洗濯するわけじゃないのだ。

午後四時半をまわり、ほんの少しずつだが日射《ひざ》しが柔らかくなってきたようだ。木陰にいる限り、風はそれなりに涼しく感じられた。

目をつぶる。いろいろな物音や匂《にお》いが近くなる。

遠くで吠《ほ》える犬の声。少し湿った芝生の匂い。

小さく線路の鳴る音。風に混じって届く、乾いた土埃《つちぼこり》の匂い……。

と、急に胸の上に何かがぽとんと落ちてきた。首をもたげて見ると、Tシャツの上に、まだ青い木の実がのっている。ナツメみたいな楕円《だえん》の実だ。

樹上に目をこらした僕は、思わず、「あ」と声をあげていた。

「どうしたの?」

とアレックス。

「インコ」

「え?」

「ほら。あそこ」

指差す先に、アレックスも目をこらす。ああほんとだ、と彼女は言った。慣れっこらしく、とくに感動はなさそうだった。

よく見ると、インコはあっちの枝にもこっちの枝にも、全部で十羽くらいいた。胸のと

ころが黄色で頭が青、ほかは緑のグラデーションに彩《いろど》られた美しい鳥たち。

ウルルでも、いろんな種類のインコやオウムの姿を見かける。こっちへ来て、初めてそれを見た時は驚いた。日本でなら籠《かご》の中にいるはずの鳥が、ふつうに空を飛びまわり、勝手にプールサイドをよちよち歩いている。その光景が、なんだかとても奇妙に思えた。

「シドニーにもけっこういるの？」

「いるわよ、そりゃ」

とアレックスは言った。

「でも、前に行ったパースの街《まち》のほうがたくさんいたかな。白やピンクの大きなオウムが、街なかの電線にずらーっと並んでとまってたっけ。そういえばネットのニュースで読んだんだけど、最近、問題になってるんだって」

「何が」

「野生のインコやオウムが、人の言葉を覚えちゃって」

たぶん、誰かが飼っていた鳥が逃げて、人から教わった言葉を広めてしまっているようだとアレックスは言った。

「一般市民から博物館に報告があったそうよ。裏庭にいる鳥の群れが騒いでる声に耳を澄ませたら、ぜんぶの鳥が“Who's a pretty boy then?”って喋ってたんだって」

「それはちょっと、話として出来過ぎだろう、いくら何でも」

「知らないわよ。とにかくそう書いてあったんだから。でも、野生の鳥が喋るようになったのは事実みたい。うっかりすると、そのうち本当に、道を歩いてたら空から英語が聞こえてくるなんてことになるかもしれないってわけ」

「せめて、汚い言葉じゃないことを祈るよ」

アレックスが、くすっと笑った。

「それ、相当イヤよね」

久々に、というかむしろ初めて、ごく他愛《たわい》ない会話のやりとりがふつうに続いていることがなんだか面映《おもは》ゆくて、僕らはどちらからともなく黙った。

また、木の実がぽろぽろと落ちてくる。

しばらくして口をひらいたのは、今度はアレックスのほうが先だった。

「何年か前まで、私もインコを飼ってたの。虹色の小さい子でね、ほんとにきれいで賢か

った。言葉だけじゃなくて、歌も覚えたのよ」

「マジで？」

「私のギターに合わせてね。『SO FAR AWAY』を、すごく上手に歌った」

とても有名なヒット曲のはずなのに、とっさに思いだせなくて、

「どういう歌だっけ」

「え、知らない？　キャロル・キングの」

「いや、聴けばすぐわかると思うんだけど……」

「私の大好きな歌なの。もともとは父が好きで、私が子どもの頃、車の中でよく聴かせてくれたからなんだけど……『あなたにとって特別な一曲は何ですか』って訊《き》かれたら、必ず三本の指に入るわね。私の二枚目のアルバムには、自分でカヴァーしたのが入ってるくらい」

　気づいた時には、アレックスはもう歌いだしていた。あまりにも自然で、会話と歌との継《つ》ぎ目《め》すら感じられないほどだった。ふつうなら歌に移る前に一拍くらいは構えて息を吸いこむとかしてから歌い出すだろうに、アレックスには何の躊躇《ためら》いも準備もなかった。

話すことと歌うこととは、きっと彼女にとってはまったく違いがないのだ。もしかしたら、呼吸することと同じくらい自然なことなのかもしれない。

もちろん、最初のワンフレーズを聴いただけで僕はその曲を思いだしていた。耳の奥に、オリジナルのピアノの音色までよみがえってくる。

So far away
Doesn't anybody stay in one place anymore?
It would be so fine to see your face at my door
Doesn't help to know you're just time away

こんなにも遠く離れて
ひとは一つところにはとどまれないものなの
ドアを開ければあなたに逢《あ》えるのならどんなにいいか

でもどうにもならないわね　あなたは時の彼方《かなた》へ

Long ago I reached for you and there you stood
Holding you again could only do me good

昔は手を伸ばしたらそこにあなたがいてくれた
もう一度抱きしめることだけが私の望み

ちょっと待ってくれ、と思った。頼む、そんなに哀《かな》しいことを、あんまり切々と歌わないでくれ。

話し言葉と同じ音量で、とても静かに歌っているだけなのに、アレックスの声は心臓にぐいぐい食いこんでくる。それこそ〈最終兵器〉がすぐ隣で発動されているのだ。平静でいられるわけがない。

Traveling around sure gets me down and lonely
Nothing else to do but close my mind
I sure hope the road don't come to own me
There's so many dreams I've yet to find

旅を続けるのは辛《つら》くて孤独なことね
心を閉ざして耐えるよりほかにない
だけど決して　この道のままになんか進まない
まだ見ぬ夢が私にはたくさんあるのだもの

昔この曲を聴いた頃の僕は、歌詞の意味なんてさほど気にもかけずに、ただメロディの

美しさだけを追っていた。

けれど、幸か不幸か、今は英語の意味がしっかりと頭に届いてしまうのだ。いちいち歌詞カードの対訳なんて見なくても。

あまりにも遠くにいるひとのことを想って目を閉じる。歌の主人公がそのひとに重なりすぎて、胸をかきむしられる。それはもうほとんど、肉体的な痛みだった。そしてアレックスの歌には、もしかして確信犯なんじゃないかと疑いたくなるくらいに情感がこもっていた。

やがて彼女が歌いやんだ後も、僕らはしばらく無言のままでいた。

頭上のインコたちの姿は、いつしか消えていた。

木々の梢《こずえ》を、風が渡ってゆく。葉擦《はず》れの音とともに木漏《こも》れ日《び》がちらちらと揺れる。

「いつか、聴きに行ってみたいな。きみのライヴ」

アレックスが、ふん、と鼻を鳴らして上半身を起こす。

「どういう風の吹き回し?」

「いや、真面目にさ。前にも言っただろ?　歌に関しては、真剣に尊敬してるんだ」

「『歌に関しては』ね」

「しょうがないだろ。他のことについてはろくに知らないんだから」

「わかってるわよ。冗談よ」

面白くもなさそうに彼女は言った。

「ダイアンにもらったあのＤＶＤをさ。部屋に帰ってから全部観《み》たけど、やっぱり凄《すご》いよ。あれだけの才能に恵まれた人間なら、人格に多少の問題があってもしょうがないよな、って納得させられるもんな」

アレックスが無言でこっちを見おろす。

「冗談だよ」

と、僕は言った。

「で、次のライヴの予定は、ほんとに決まってないの？」

「ない。今朝《けさ》ダイアンに言ったの、聞いてたでしょ。スタッフもみんな休養中なんだってば」

そっか、と受け流し、

「じゃあ、もうひとつ訊いてもいいかな」

「なによ」

僕はアレックスのほうを見ないまま、思いきって言った。

「その指――いつ治るの？」

彼女の気配が、一気にこわばるのがわかった。

首をめぐらせて見ると、アレックスは口を真一文字に結んでいた。包帯を巻いた指を、もう一方の手で包みこむようにしている。

「バスケットボールで突き指したなんて、嘘なんだろ？」

返事はない。

「まあ、無理に答える必要はないんだけどさ。じつを言うと、それだって俺が思いついたわけじゃないし」

「……え？」

「考えてもみなよ。きみのことをいちばん心配してるのは誰だと思う？」

アレックスが、また押し黙る。

僕も、手をついて体を起こした。背中についた草の葉のくずを払う。

「彼女には、わりと早くからわかってたみたいだよ」

うそ、とアレックスがつぶやく。

「どうして？」

「『よく考えてみたら、突き指だなんてそんな不用意なことをあの子がするはずない』ってさ」

「ダイアンが？　そう言ったの？」

僕は頷《うなず》いた。

「最初のうちは、しょうがないなあ、なんて言って笑ってたんだよ。お隣の子と張り合うなんてバカよねえ、って。だけど、何日目だったかな。秀人さんと俺に向かってさ……」

〈あの子はああ見えて、歌の仕事に関してだけはものすごく自分に厳しいの〉

そうダイアンは言ったのだった。

〈そのアレックスが、お隣の子どもたちとバスケットボール？　考えれば考えるほど、そんなのあり得ないって気がするの。ちょっとでも指を傷《いた》めたらたちまち大勢に迷惑かける

ことくらいわかりきってるのに、あの子がそんな無責任なことするはずないわ〉

いま思い返しても、ものすごくきっぱりとした口調だった。ちょっと感動してしまうくらいだった。ふだんは何だかんだ口うるさいことを言ってみても、少なくともある一点に関して、ダイアンの妹への信頼は絶対なのだ。

アレックスは、何も言おうとしない。

僕としても、それ以上訊くつもりはなかった。ほんとうにバスケで突き指をしたのなら、そう言うはずだ。何も言わないということはつまり、肯定したも同じことだった。

飲み終えたジュースの紙コップやストローを集めて、そろそろ病院のほうへ戻ってようか、と立ちあがりかけた時だ。

「ほんとはね」

僕を押しとどめるようにアレックスが言った。

僕は、座り直した。黙って彼女の言葉を待つ。

「ほんとは……事故だったの」

彼女は小さな声で言った。

「オフの日に、自転車で車道の端っこを走っていたら、後ろから来た車のサイドミラーにひっかけられて……。アスファルトに顔から突っ込みそうになって、思わず左手をついた拍子にこう、指の股《また》が裂けちゃってね」

想像して引き攣《ひつ》ってしまった僕の顔を見て、アレックスは苦笑いをした。

「ほんとのことよ。私だって、刃物で切ったわけでもないのにあんなに見事に裂けるものだとは思いもしなかった。スッパリ肉が割れて、血がだらだら出てね。幸い、神経は手術でつながったんだけど、傷が治ってからリハビリをしてみないことには……」

元通りギターを弾《ひ》けるようになるかどうかは、わからない。

そうつぶやいたアレックスの瞳《ひとみ》は、もちろん無理もないことだけれど、ひどく暗く沈んでいた。

どう慰《なぐさ》めればいいのかわからなかった。ろくにわかりもしないくせに安易なことを言うと、かえって傷つけてしまうにきまっている。

だから僕は、正直に言った。

「ごめん。こういう時、どういう言葉をかければいいのかわからない」

「いいのよ。慰めてもらったからって、何がどうなるわけでもないし」

とアレックス。

「……俺にもさ。前に、走《はし》り幅跳《はばと》びで背中を痛めて、ろくに跳べなくなってしんどい思いをした時期はあるけど、きみの場合はそれどころじゃないもんな。学生の部活なんかじゃなくて、プロの仕事なんだもんな」

世界中で彼女にしかできない、代えのきかない仕事。しかもそれは、アレックス自身にとって、世界とつながるための唯一《ゆいいつ》の手立てと言ってもいいほどのことなのだ。

「いっそ、顔から突っ込んじゃえばよかった」

と、アレックスは言った。

「ばか言うなよ。きみのファンが聞いたら泣くぞ」

「だって、そしたらレコーディングだけはできたかもしれないのに」

きっとそれは掛け値なしの本音なのだろう。

「じゃあ、ライヴは、指が治るまでやらないの？」

「どうやってやるのよ」

「きみには歌があるだろ」

と僕は言ってみた。

「その、誰にも真似できない声と歌がさ。しばらくギターを弾けなくても、何とかならない？」

ふう、とアレックスが息をつく。

「イズミ、あなた陸上やってたのよね？　じゃあ想像してみてよ。靴を片方だけ脱いだ状態で、走り幅跳びができる？　いつもと同じように跳べる？」

「………」

「ううん、そんな生やさしい話じゃない。私のこれは、もっと悲惨なの。翼をもがれて崖《がけ》っぷちから背中を押されるような感じよ。そんなの、落っこちるしかないでしょう。私にとってギター無しで歌うっていうのは、翼無しで飛ぶのと同じことなの。だって私は、そもそもの最初からギターに合わせて歌ってきたんだもの。歌が先にあったわけじゃないんだもの」

淡々としているのに、どこまでも悲痛な声だった。

僕は、これまでになく、アレックスに感情移入していた。

いつになったら癒《い》えるのかわからない傷。いつかほんとうに癒える日が来るのかどうかもわからない痛み――。

「でもさ」

と、もう一度思いきって言ってみる。

「さっきの歌は、すごくよかったけどな。ギターがなくたって充分にさ」

アレックスが、ふっと笑った。

「それはどうも」

「いや、ほんとのことだし」

「大丈夫よ。ぜったい治してみせるから」

「うん」

「イズミ」

「うん？」

「ごめんね。こないだは、いきなりあんなことして」

「……」

ちょっとびっくりして答えられずにいたのを、まだ怒っていると受け取ったのだろうか。アレックスは急いで言葉を継《つ》いだ。

「あの日は、朝方の寝覚めが最悪で……先のこととか考え始めたら、独《ひと》りでいるのがものすごく不安になってきて。それで、誰でもいいからあっためてもらいたくなっちゃったの。巻きこんで悪かったわよ。あなたは、そういうタイプの人じゃないのにね。許してやって。これでも後からけっこう反省したんだから」

「あ、いや、うん。別にもう、どうも思ってないよ」

「ほんと？」

頷いてみせると、アレックスは微笑《ほほえ》んだ。彼女なりに、ようやくほっとしたのだろうか。それは、いきなりそれってどうなんだよ、とツッコミたくなってしまうくらい、あどけない微笑だった。僕が彼女の親父さんだったら、そんな顔を男に見せてやる必要はない！と叱りつけたくなってしまうかもしれない。

遠くで、鉄道の汽笛《きてき》の音が響く。

芝生の広場に面した家のドアが開き、小さな男の子が走り出てきて、まだ中にいるらしい母親を呼ぶ。回らない舌で、ママ、赤いお花が咲いたよ、と言うのが聞こえた。

アレックスがふいに草の上のバッグを引き寄せると、中をごそごそとまさぐって、ペンと適当な紙きれを取りだした。ところどころに油が染《し》みた白い小袋。さっき食べたクッキーの袋だ。

皺《しわ》を伸ばして膝《ひざ》の上にひろげ、一心に何か書きつけ始める。こまぎれの鼻歌を口ずさみながら、浮かんでくる言葉を書き込んでは、その上に記号のようなものを添《そ》えてゆく。どうやらギターコードのようだ。

僕は、まるで一つの奇跡を目撃するような思いで彼女の手元を眺めていた。もしかしてこれは凄いことなんじゃないだろうか。歌が生まれるその瞬間に立ち会えるなんて。

と、少し離れた木の梢がごうっと揺れ、さっきのインコたちの群れがばさばさと飛びたってゆくのが見えた。

風は、すぐに僕らのほうへも吹きつけてきた。バッグと同じく地面に置かれていた麦わら帽子が、ふわりと浮き上がり、裏返って飛ばされる。とっさに差しのべたアレックスの

手は届かなかった。それどころか、手を放した隙《すき》に膝の上の紙までが飛ばされ、草の上を風に運ばれていく。

僕は、跳《は》ね起《お》きた。

麦わら帽子がタンブルウィードみたいに跳ねながら転がっていく。

白い紙も、草に引っかかってはまた離れて飛んでいく。

(どっちだ?)

迷ったのはほんの一瞬だった。紙のほうを追った。

ふかぶかとした緑の芝生の上を、ひらりひらりと大きな蝶《ちょう》のように飛んでいく紙切れをようやく確保し、それから目の端でずっととらえていた帽子のほうへとダッシュして、そちらも無事に拾いあげる。

歩いて戻って両方を手渡すと、アレックスがまじまじと僕を見あげてきた。

「どうして?」

「何が」

「ふつう、先に帽子のほうを追いかけない?」

「帽子なら、また買える」

と僕は言った。

「歌ならまた書ける、とは思わなかったの？　歌詞もコードも全部、私の頭の中に入ってるって」

「あ……。そっか」

それは思いつかなかった、と正直に言うと、アレックスは目を細めて笑った。

「嘘よ」

そして、少し迷ってから付け足した。

「ありがと。走るの速くて、びっくりした」

＊

携帯に連絡があったのは、それからほんの五分ほど後のことだった。

迎えに行ってみると、秀人さんは少し疲れた顔をしていたけれど、それでもどこか落ち着きを取り戻したように見えた。

せっかく来たのだからと、ふだんウルルではなかなか手に入らない日用品や衣料品を物色しに、町中のショッピングセンターに寄る。秀人さんと僕が、それぞれＴシャツや下着類や、ついでに夕食用のサンドイッチや何かを選んでカゴに入れ、レジに並んでいると、アレックスが手ぶらで戻ってきた。

「欲しい物なかったの？」

「だって、みんな安いんだもの」

それの何がいけないんだと思ってから気づいた。「チープ」という言葉を、彼女は「安っぽい」の意味で言ったのだ。

そういえば、こいつはお金持ちのお嬢様なんだっけ、と思いだす。そうして改めて見れば、金髪の頭にカチューシャのようにのっているサングラスも、時計もバッグも、さりげなくブランドもののようなのだった。あんまりしっくり馴染《なじ》んでいるのと、彼女自身があんまり無造作《むぞうさ》に扱うのとで、今の今まで全然気づかなかった。もしかするとさっき風に飛ばされたあの帽子も、値段を聞いたらひっくり返るような高いやつだったのかもしれない。

「あら、でも、このＴシャツは可愛《かわい》いじゃない」

目ざとく秀人さんのカゴの中から一枚を引っぱりだす。

「どのへんで見つけたの？」

「いや、その、向こうのほうだったかな」

秀人さんがちょっとドギマギと答える。アレックスがひろげたTシャツには、黒地にピンクでコケティッシュな女デビルが描かれていた。

「もしかして、ダイアンにおみやげ？」

「あ、うん。ほんとは彼女だって買い物に来たかったろうしさ」

「喜ぶわよ、きっと」

と、アレックスは言った。どうやら、「チープ」と言ってしまったことへのフォローのつもりらしかった。


帰りの道は、秀人さんから運転席に座った。

来る時あれだけさんざん寝かせてもらったからね、と彼は笑い、疲れてきたらまた交替してもらうからと言った。

助手席に僕が座り、アレックスが後ろに座る。ラジオを音楽局に合わせて小さく鳴らしていると、一時間ほどたった頃だろうか、後部座席でアレックスがかすかな寝息をたて始めた。

夏の日は長い。午後七時をとっくに回ったというのに、太陽はまだまだ空の高いところにある。

サングラスをかけ、真《ま》っ直《す》ぐ前を向いた秀人さんが言った。

「そういえば、その後、丈くんからの手紙は読んでるの？」

抑《おさ》えた低い声だった。

「読んでますよ」

と、僕は言った。

「そうか。よかった」

「あいつのだけはとにかく読むって、約束しましたからね」

「うん。いい奴《やつ》だよな、彼は」

「あいつにはもう、頭が上がらないです。前からそうだったけど。年下のくせに、あいつ

んけどね」
には勝てたと思うことがなかなかないんです。面と向かってなんか、絶対言ってやりませ

秀人さんがくすっと笑う。

「どういうことが書いてあるの？」

「たいていは、奴の近況とか、家族のこととか、みんなのことが」

「あんまり知りたくないことも書いてあったりするんだろうな」

「そうですね。……いや、知りたくないっていうのとはちょっと違うかな。知らなければ知らないで、気にはなるんです。ただ、知らされるとつらくなる」

「それでも読むわけだ」

僕は、黙った。

それから、自分にもう一度確かめるような思いで言った。

「いつまでも逃げてるわけにはいかないことだと思うんで」

「そっか」

そうだよな、と秀人さんは言った。

「何だかな。耳が痛いよ」

「なんですか」

「いや、おとといだったかな。裕恵《ひろえ》さんと、電話で話したんだけどさ」

「あ、裕恵さん、元気ですか？」

秀人さんは頷《うなず》いた。三回続けて頷いたから、かなり元気なんだろう。

「『和泉くんは最近どうしてるの？　病気とかしてない？　ちゃんと食べてる？』って、しきりに心配してたよ。アパートのきみの部屋は、あのままにしておくってさ。きみみたいに、条件付きでも借りてくれるなんて言う奇特な客は探したってどうせいないだろうし、あれやこれや事情を説明するのも面倒くさいから、ってね」

心底ありがたいとは思うのだけれど、今の僕にはその好意が少し重たいのも事実だった。待っててもらっても、またあそこへ帰れる日がいつになるかは僕自身にもわからない。本当にそんな日が訪れるのかどうかさえ。

黙っていると、

「きみが気にすることはないんだよ」

と、秀人さんが言った。

「もともと俺のために空けてあった部屋なんだしさ。きみがそれを気にしたら、俺はその十倍くらい気に病《や》まなくちゃならない。だろ?」

「……はい」

「実際、俺だってほんとは気になっているんだけどさ。日本を出てから、もうずいぶんになるしね。だけど、何て言うのかな。俺なんかの側からこういうことを言うのも非常にあれだけど、たとえばうちの親父にとって、出来の悪い次男坊の帰りを待つことが少しでも生きる希望になっているんなら、俺が『どうせいつ帰れるかわからないんだから、待たないでくれ』とか、『あの部屋はいいかげん人に貸したほうがいい』とか言うのは、かえって残酷なことじゃないかと思うんだ。良くしてもらって申《もう》し訳《わけ》ないからとか、待たれてもすぐには応《こた》えられないからっていうのは、この場合はどっちかっていうと、こっち側の精神的負担の問題でさ。その申し訳なさ、かたじけなさにあえて耐え続けるのも、好き勝手やらせてもらってることへの代償の一つなんじゃないかってね。思ったりするわけさ」

秀人さんは僕にひとこと断《ことわ》ってから、煙草《たばこ》に火をつけた。煙を気にして、窓を細く開ける。

道路の両側には、針のような葉を持つブッシュしか生えない荒野がひろがっていた。それこそ吸《す》い殻《がら》でも捨てる馬鹿がいようものならあっというまに大火事になりそうなくらい、からからにひからびた無人の荒野だった。

「そういえば、きみがいなくなってしばらくは、隣の部屋の鈴木《すずき》さん？」

「あ、はい」

「あそこの息子が、すごく寂しがってたらしいよ」

親しかったの？　と秀人さんに訊《き》かれ、僕は頷いた。

――そうだ。僕は、幸太《こうた》のことも投げだしてきてしまった。父親の鈴木さんが仕事で遅くなるときは、彼を風呂に入れて、宿題を見て、晩飯を食わせてやるのは僕の役割だったのに。

「でも、裕恵さんがさ。最近は、かわりに森下《もりした》の家で預かってるから安心するように言っといてくれって」

「……そうですか。よかった」

「なんでも、うちの親父も、孫が出来たみたいに喜んでるそうでさ。さっそくヘボ将棋《しょうぎ》を教えてるらしいよ」

「うわあ」

「まったく、『うわあ』だよな。ま、そんなこと言ってる俺もあの親父の手ほどきで覚えたんだけどね。おかげで、いつまでたっても巧《うま》くなれない」

　秀人さんはくつくつと笑った。

「時々、そうして話すんですか？」

「誰と。親父と？」

「いえ」

「ああ——うん。そうだね。だいたい月に一度くらいは、近況報告を兼《か》ねて、どちらからともなく電話していたね。これまでは」

「え？」

　まだ半分くらい残っている煙草を、秀人さんは灰皿にもみ消し、蓋《ふた》を閉めた。ついでに車の窓も閉める。

それきり、なかなか口をひらこうとしない。

先をうながしていいものかどうかわからないまま、黙って待っていると、彼は深く息を吸いこみ、ゆっくりと吐きだした。大きく盛りあがった肩が、傍目《はため》にもわかるほど上下する。

「少なくとも、これからしばらくはないだろうな。裕恵さんのほうはかけてくるかもしれないけど、俺からは電話しない」

僕は、秀人さんの横顔を見やった。

「理由を訊いてもいいですか」

頷いた秀人さんが、ややあって言った。

「細かい理由は、いろいろあるんだけどね。結局のところ、あのひとの決心を尊重したいから、というのに尽《つ》きるかな」

——あなたの気持ちは嬉《うれ》しかった。

裕恵さんは、電話で秀人さんにそう言ったそうだ。

でも、旦那さんの森下さんとは別れないとも言った。〈別れたくない〉ではなかったにせよ、〈別れられない〉でもなくて、ただ、〈別れない〉と言った。

「もしもあのひとが、少しでもつらそうにそれを口にしたんなら、俺は、何をおいても奪いに行ったろうけどね」

　苦笑混じりに、秀人さんは言った。

「実際は、じつにあっさりしたもんだったよ」

「だけどそれは、裕恵さんの本心なんかじゃ、」

「言うな」

　ぴしりと遮《さえぎ》られた。

「…………」

「言わないでくれ」

「すみません」

「いや——ごめん。俺も、まだ正直、いっぱいいっぱいなんだ。ったく、いい年して、情けないよな」

「……いえ」

「だけど、見てろよ。絶対に思いきってみせるから」

座り直し、両手でハンドルをぎりぎりと握りしめて、秀人さんは言った。痛みをこらえているみたいな声だった。

「彼女のことを大事に想う気持ちは、きっとなくならない。だけど……だからこそ、それを別のものに変化させられるように、何とか努力してみせる」

「別のもの、ですか」

「ああ。それがどういうものなのかは、まだわからないんだけどね。でも、俺があの家に帰れないままじゃ、誰よりあのひとが苦しいばっかりだから。必ず、平然とした顔で帰れるようになってみせる。そんなに遠くないうちに。絶対に」

「……すごいな、秀人さん」

心の底から、僕は言った。

「だろ。けっこう凄《すご》いだろ」

「けっこうどころじゃないですよ。男として、尊敬します」

「そうか。じゃあ、見習え」

思わず隣を見やった僕と目を合わせると、秀人さんはニヤリと笑った。いつかアパートの僕の部屋で一度だけ見せたことのある、あの一筋縄《ひとすじなわ》ではいかない笑い方だった。

「俺が次に日本へ帰るときは、きみも一緒に帰る。——それでどう？」

「そ……れは……」

「今ここで決めなくてもいいけどさ。俺のほうだって、実際にいつ帰れるかはわからないんだし。だけど、せめてそれくらいの期限は切る覚悟でいないと、それこそ〈いつまでも逃げてる〉ことになっちゃうんじゃないの？　このまま、ずるずるとさ」

「……そうですね」

ようやく答える。

何の反論もできない。まったくもって彼の言うとおりだった。

ふと、バックミラーを見あげた秀人さんが微笑する。

「見てごらんよ、あの顔」

僕は後部座席をふり返った。

窓から斜めに差しこむ光に透《す》けて、アレックスの金髪がきらきらと光っている。完璧《かんぺき》な

造形の唇《くちびる》がわずかに開いた隙間《すきま》から、貝殻みたいな前歯がのぞいていた。頬《ほお》がほんのりと紅潮しているのは、西日が少し暑いせいだろうか。

「寝てる時と、たまに笑ってる時だけは、本物の天使みたいなんだけどなあ」

しみじみと、秀人さんが言った。

5

ウルルの研究所は、前任の佐藤所長の熱意がなければ作られることなどなかった、というのが、秀人さんとダイアン共通の見解だった。

心身ともに元気だった頃の佐藤さんにとって、生きる情熱のほとんどすべてはアボリジニの研究に捧《ささ》げられていた。長年の間それを支えていたのが、愛妻である愛子さんの存在であり、彼女が亡くなったとき、佐藤さんはすべての情熱も一緒に失ってしまったのだ。

そうして研究所は宙ぶらりんになった。ここを存続させるかどうか——存続させることが果たして可能で、意味のあることかどうか。

ダイアンともさんざん話し合った結果、秀人さんは、研究機関としてのこの場所はとりあえずたたんだほうが良いのではないかという考えに至り、そのことを相談するために、

キャンベルの所長と落ち合ったのだった。その人は、秀人さんとダイアンの二人とも、キャンベルに戻ってくればいいと誘ってくれているという。

「ダイアンはまだ、どちらとも決めかねて迷ってるけどね。俺は見ての通り、もともと学究肌の人間じゃないから」

僕らはこの日、ウルルのあちこちに点在する岩絵や聖地を一緒に歩き回っていた。めったにないことではあるけれど、心ない観光客も中にはいる。こうして見回りをすることも時には必要なのだ。

「前にも話したと思うけど、俺は、机に向かって学術論文をまとめたり、学会で名を挙《あ》げたりすることにはまるきり興味がないんだ。そういうことが得意な人はほかにいるし、得意な奴《やつ》がやるのがいちばんだよ。俺はむしろ、生身《なまみ》の人間とじかに接していたい。アボリジニの人たちについて知り得た事実や真実を、ウルルを訪ねてきてくれた人々や学生たちに正しく伝えていくことのほうが、俺にとっては価値ある仕事なんだ」

そうとも、壮大《そうだい》なプロジェクトさ、と秀人さんは言った。

「じゃあ、研究所が無くなっても、秀人さんはここに残るんですね」

「たぶんね。幸い管理局の上のほうからも、レインジャーとしてここに残ってほしいと言われてるし」

「ダイアンはどうするんだろ」

「彼女も、あれだけお人好しの世話焼きだからね。人と接するのが嫌いなはずはないんだ。だけど、彼女は純粋に研究そのものも好きだし、あのとおり優秀な人だからなあ。どの道を選ぶかは、まだわからない」

「相談とか、されたりしないんですか？」

「はは、全然」

　秀人さんは苦笑した。

「今回のことは、彼女の人生そのものに関わる重要な選択だからね。俺がどうこう言うような問題じゃないし、たとえ相談を受けたところで俺が何も言わないであろうことも、彼女にはわかってる」

「え、言ってあげないんですか」

「言えるわけがないよ。だから向こうも、最初から相談なんかしてこない。そういうとこ

ろ、彼女は見事なまでに自立した大人の女性だよ」

でも、と僕は思った。

秀人さんは、ダイアンのいちばん弱い部分を知らないのだ。

マリアの夫、リッキー・ファレルを訪ねたあの日、助手席でぶるぶるふるえていた彼女の手と、あまりにも青白い顔を思いだす。

だけどそういう僕だって、ダイアンと一緒にマリアの家へ行かなかったなら、彼女のかかえる心の傷がいまだにあれほど生々しいものだということまではわからないままだっただろう。ふだんの強くてたくましいダイアンからはおよそ想像もできないくらい、あの日の彼女は痛々しかった。

ちなみに、リッキーはまだ、酒をやめる気配がないらしい。今日も、僕らが留守にしている間、ダイアンはマリアと一緒に病院へ相談に行っているはずだ。

いつもそうなのだった。彼女は、自分のことよりも人の世話ばかり焼いてしまうのだ。

でも、ふだんどんなに頼りがいがあって強く見えるダイアンだって、時には女性として誰かに優しく慰《なぐさ》められたり、何も考えずに甘やかしてもらったりしたいだろう。もちろん彼女の場合、その「誰か」とは秀人さん限定なのだろうけれど。

よほど信頼できる相手とでなければ、四方に壁のある場所で男性と二人きりになることもできないという彼女を、秀人さんならきっと大きく包んであげられるはずなのに、と思う。ひりひりと焦《じ》れるような気持ちで、そうなるといいのにと思う。

けれど、だからといって、それを僕の口から勝手に告げることはできなかった。ダイアンが望んでいるのは、秀人さんの同情ではないからだ。

「研究所が無くなったら、勝利くんはどうする？」

と、秀人さんが言う。

「まだ、すぐってわけじゃない。秋にはほうぼうの大学から学生たちが単位を取りに来るから、それまでは研究所をたたむわけにはいかない。集めてきたデータの整理もしなくちゃいけないし、嫌《いや》でもいくつかはレポートをまとめなくちゃいけないだろうし、そのほか公私ともに、細かい身辺整理が必要だからね」

「じゃあ、大体いつごろ……？」

「そうだな。早くても冬の初め、たぶん六月くらいまではかかるんじゃないかな。それに、

そのあとも俺はここにいるわけだしさ。あちこちに掛け合って、何か仕事を見つけてあげることくらいはできると思うよ」

ワーキング・ビザで滞在している以上、この国の会社なり店なり施設なり、とにかくどこかと雇用《こよう》関係を結んでいなくてはならない。働いていなければ、違法滞在になってしまう。

「まだ訊《き》いてはいないけど、たぶん、ヨーコさんのとこだったら働けると思うんだ。これから涼しくなってくれば観光客も増えるし、こう言っちゃ何だけど、安い賃金で働いてくれる人手は欲しいはずだからね。それが使える人間ならなおさらだよ」

「使え……ますかね」

「はは、使える使える」

秀人さんは笑った。

「実際、たいしたもんだと思ってるよ。ほんとうに。でもそれ以上に、申《もう》し訳《わけ》ないとも思ってる。こちらの都合で、きみを振り回してしまうことになってさ」

「いや、とんでもないです」

僕は慌《あわ》てて言った。

「それはこっちのセリフですよ。いきなり転がり込んできて、何から何までお世話をかけたのは俺のほうなんですから」

まあ、まだ時間はあるからね、と秀人さんは言った。

＊

たとえそれが前途洋々の道とはいえなくても、ひとつ答えが出てしまうと、それだけで人の気持ちは落ち着くものらしい。

ダイアンは、妹がそばで何をしていても、あるいは何もしていなくても、あまり口うるさく言わなくなった。昨日《きのう》なんか、自分は休みだというので、アレックスと二人きりでホテルのディナーへ出かけていったりもした。

そこでどんなことが話し合われたかは知らない。

でもとにかく、翌朝のダイアンは、とても落ち着いて見えた。瞳《ひとみ》の底がいちだんと深みを増したような感じだった。

昼頃やってきたアレックスが、ゆうべ携帯で撮ったという写真を見せてくれたのだけれど、軽くドレスアップして髪を結《ゆ》い上《あ》げたダイアンは御世辞抜きにきれいだった。いつもはTシャツやトレーナーなどカジュアルな服ばかりだからよけいに、光沢のあるミッドナイトブルーのドレス姿がドキリとするほど華やいで見えた。

「いいですね、このドレス」

と、僕は言った。

「え、そう?」

「上品だし、瞳の色がすごく引き立ちます」

「あらま、ありがと。わかってくれる?」

と、ダイアンがはにかむ。

僕がなおも感心して唸《うな》っていると、どれどれ、と秀人さんが奥の席から立ってきた。携帯の画面を覗《のぞ》きこもうとする彼を、ダイアンが必死になって阻止《そし》する。

子どもみたいに腕を振り回している姉を見て、アレックスがめずらしく声をあげて笑いだした。

「そこまで嫌《いや》がらなくたって」

「だってこの人、どうせデリカシーのないこと言うもの！」

「言わないよ、失礼だなあ。ほら、いいから見せてよ」

アレックスが、ダイアンに向けて舌を出してみせながら、携帯を秀人さんに渡す。

彼女のほうも、ゆうべ以来、何かがふっきれたようだ。もしかすると、ダイアンに指のことを打ち明けたのかもしれない。

画面を見るなり、

「嘘だろう？」

こんどは秀人さんが唸った。

「これ、ほんとにきみ？」

「ほらね！」

と、ダイアンが叫ぶ。

「いや、そういう意味じゃなくてさ」

「じゃあどういう意味よ」

「きみってこんな美人だっけ?」

「ほらやっぱり!　そういうこと言うじゃない!」

ダイアンはもう、耳たぶまで真っ赤だ。

「いいわよ、そんなに気を遣《つか》わなくたって。よく化けたなあ、とかなんとか、いつもみたいに言いたいこと言えばいいじゃないよ」

「いや、そんなこと思ってもいないし」

ありがとう、とアレックスに携帯を返すと、秀人さんは、ふーん、へーえ、としきりに唸りながら奥の席に戻っていった。

携帯を二つにたたんだアレックスが、してやったりというふうにフフンと笑って、僕のほうをちらりと見る。

「あ。そういえば、イズミ」

ダイアンが無理やり気を取り直して話をそらす。

「ゆうべ、アレックスとも話してたんだけどね。このクリスマス休暇、イズミはどうしてるの?」

「どうって？」

「予定はないのか、ってこと」

「べつに何もないですけど」

「誰かとデートの約束とか、ないの？」

　僕は、あきれてダイアンの顔を見やった。

「ここに住んでて、いったいどこにそんな相手がいるっていうんです？　カンガルーとデートですか？」

「だってほら、もしかしたら私たちが知らないだけで、たとえばホテルのバーの女の子とかと仲良くしてたっておかしくはないじゃない？」

　思いっきり疑問符だらけの僕の顔を見て、ぷっと笑ったのはアレックスだった。

「要するに、ゆうべね。ダイアンと食事のあとバーに寄ったら、そこのバーテンダーをしてる女の子に訊《き》かれたのよ。『あなたのとこに出入りしてる日本人の男の子、ちょっとキュートね』って」

「はあ？」

誰だ、それは。全然心当たりがないぞ。

「何ならイズミ、声かけてみたら？　何しろクリスマス前だもの、きっとすぐにでもベッドに直行できるわよ」

「こらっ、またあんたは！」

とダイアンが叱る。

「イズミはね、あなたの周りの友だちと違って真面目なんだから。そういう変なことを吹き込まないの」

「真面目な男って、超つまんない」

と、アレックスは言った。

「ええと、とにかく予定は何もないですけど……」僕は話を戻した。「それが何か？」

「じゃあ、私たちと一緒にシドニーへ行かない？」

「は？　シドニー？」

「クリスマスにここでぽつんと過ごしてたって寂しいだけだし、ミスター・サトウがいて、アイコも元気だった頃は、毎年、一緒に旅行したのよ。パースへも行ったし、ブリスベンにも行ったしね。フレーザー島のレインジャーが、ヒデとまるきり兄弟みたいにそっくりで、なのにものすごい女たらしで……」

　あれはおかしかったわねえ、とダイアンが話を振ると、奥の机で秀人さんが「忘れた」ととぼけた。

「それで今年はシドニーってわけですか」

「そう。この時期にアレックスが暇だなんて、この先二度とあるかどうかもわからないし。だったら、彼女の家に泊めてもらって、クリスマスとニューイヤーを一緒に楽しみましょうよ。ね？」

「秀人さんはどうするんです？」

「ヒデに異存はないはずよ」

「俺の意見を尊重してくれてありがとう」

　秀人さんの答を聞いて、ダイアンとアレックスが顔を見合わせてクスクス笑いだす。

　ずいぶん急に仲良くなったものだ。男同士だと、一度行き違ってしまうとどうしても意地みたいなものが先に立って、互いに再び心を許し合うまではけっこう時間がかかるもの

だと思うのだけれど、女同士にはそういう馬鹿みたいなこだわりはないんだろうか。いずれにしても、ゆうべはよっぽど腹を打ち割った話ができたものらしい。

まあ、考えてみればアレックスのほうはもともと、表現の仕方が無器用なだけで、姉のダイアンのことが大好きだったのだ。どちらかというとダイアンのほうが妹への接し方に戸惑《とまど》っていて、そのせいで互いの間がぎくしゃくしていたようなところがあった。

もしかして、と思ってみる。

今、ダイアンがこうも落ち着いて見えるのは、ひとつには秀人さんとの旅が今年で最後になるかもしれないことをすでに覚悟しているせいなんじゃないだろうか、と。

秀人さんだって、ダイアンの気持ちそのものは以前からわかっている。それでもなお、彼女のことをただ強い女性だと思いこんでしまっているあたり、やっぱり秀人さんはどこまでも秀人さんなのだ。もしダイアンが彼と一緒にいたいと望むのなら、はっきり口に出して言わなくては伝わらないだろうに……。

こういう時にじたばたしたり、好きな相手と離れたくないからというような理由で自分の身の振り方を決めたりしないあたりが、ダイアンの素敵なところであるのは間違いなかった。

でも、同時にそれは、ちょっと損なところでもある気がした。

*

勝利へ

メリー・クリスマス！

ちょっとフライングだけど、細かいことを気にするオレ様じゃないのだ。

今年の東京の冬は、ものすごく寒いです。長期予報ではそんなにたいしたことないって言ってたくせに、実際は冷え込みが半端《はんぱ》じゃなくて、手袋してても指の先が凍りそうになる。なんだかんだ言って冬なんだから、しょうがないんだけどさ。

その後、元気でやってますか？　オーストラリアのサンタはサーフボードに乗ってやってくるってホント？

そっちは逆に、今がいちばん暑いんだよな。信じられないというか、うまく想像できな

いというか、真冬の国にいるオレが、真夏のどまんなかにいる勝利に向かって手紙書いてるっていうのが、なんか変な感じです。

あ、そうそう。勝利、仕事用の携帯持たされたんだって？

こないだ、ちょっと様子を聞きに電話してみたら、秀人さんが番号を教えてくれました。

「もし何かあったら直接かければいいよ」って。

まあ、よっぽどの〈何か〉がない限り、こっちからかけることはしないつもりだけど、それでも、もしもの時に連絡しようと思えばできる番号が手元にあるっていうのは心強いものだよね。

とりあえず、こっちが番号を知らされてるってことだけは、勝利にも報告しとこうと思って。秀人さんからもう聞いてたかもしれないけど、一応、礼儀としてさ。

こちらは、みんなそこそこ元気です。姉貴も、マスターも由里子さんも、星野さんや原田さんたちも、みんなそれなりにやってるよ。

ただ、先月の末に、おふくろがちょっと体調崩して病院通いしてた。めまいとか耳鳴りとかがひどくて、一時は姉貴もすごく心配してさ。休みをもらって帰ってこようとまでしたんだけど、病院で薬を出してもらったらだいぶ楽になったみたい。今はもう、ほぼ大丈夫だよ。

更年期障害っていうの？　本人、そう診断されてショック受けてたけど、実際そういう年なんだから仕方ないし、うまくやり過ごして付き合っていくしかないから、あきらめて覚悟するって言ってた。

感心なことに、あの親父がずいぶん優しくしてあげててさ。おふくろが朝起きられなくても文句言わないし、ゴミ出しとかもちゃんとやってるし、休みの日は一緒に買い物に付き合ったりもしてるよ。

自分の親だけに、傍《はた》から見てると照れくさいけど、なかなか悪いもんじゃないなと思うよね。

あとは、そうだな。

和泉家のお姫様・綾乃っちは、最近、会うたびオレにちゅー☆してくれるようになりま

した。

「大きくなったらオレのお嫁さんになる？」って訊《き》いたら、もうかなりちゃんと言葉がわかるもんだからさ。「じょー、おーめさん！」だってさ。

明子さんは、アブなすぎる幼妻《おさなづま》だとか言って笑いころげてたけど、わかってないよなあ。綾乃っちに男を見る目が養われたのは、あの冴《さ》えない親父さんと結婚した母親を反面教師にして育ってるからだよ、きっと。

てなわけで、妹が心配だったら、早く帰ってきたほうがいいんじゃねえのオニイチャン、というお話でした。ひひひ。


別便で送った小包は、オレたちからのクリスマスプレゼントです。

大きい袋のやつは、オレと京子から。もったいぶるほどのもんじゃないから言っちゃうと、中身はマフラーです。

そっちで今見ると暑苦しくてイヤガラセかと思いたくなるだろうけど、たぶん半年後には、オレらの先見の明に感謝することになると思うよ。

小さいほうの包みは、何だか知んない。預かりもんだから。
じゃ、元気で。よいお年を。
また書く。

丈より

6

シドニーの空港に降り立つのは、これで二度目だった。ただし、前の時は外へは出ずに、エアーズロック行きの便に乗り換えただけだ。

だから僕にとっては、これがオーストラリアに来て初めて触れる都会ということになる。それは同時に、〈人生で初めての外国の都会〉を意味していた。

街《まち》は、美しかった。さすがは世界有数の観光地だけのことはあった。ひろびろとした通り。どっしりとした石造りの建物。見たことのない花。見たことのない鳥。

半袖《はんそで》に短パン姿のカップルや家族がショッピングモールをそぞろ歩き、クリスマスの買い物に興《きょう》じている。歩道をゆくと、すぐ頭の上をモノレールががたがたと通っていき、白っぽいその影が林立するビルの窓ガラスに映る。

市街地の中心には、見るからに曰《いわ》くありげな古い教会がそびえ、博物館があり、美術館や図書館があり、そのまわりに緑に覆《おお》われた大きな公園がひろがっていた。スズカケの梢《こずえ》から木漏《こも》れ日《び》が降《ふ》り注《そそ》ぎ、人々は過ぎていく時間を思い思いのやり方で楽しんでいた。

海の匂《にお》いのするほうへ歩いていくと、途中から道は下り坂になり、行く手に大小様々な船やクルーザーやヨットやボートが停泊しているのが見えてくる。白い船体と水面がともに日の光を弾《はじ》き、夕方近くなるとまぶしくて目を開けていられないほどだ。

港には水族館があって、大きなショッピングセンターや、いくつものホテルやレストランが並んでいた。

あるいはまた北の方角へ向かって歩けば、かの有名なオペラハウスや、黒々とした鋼鉄製のハーバーブリッジを一望の下《もと》に眺めることができるのだった。

アレックスの家は、そのハーバーブリッジを北側へ渡った対岸にあった。ひと目でわかる高級住宅街。凝《こ》ったデザインの門扉《もんぴ》の奥、前庭が広すぎて建物が見えないような、いわ

ゆるお屋敷ばかりが並んでいる一帯だった。

最初の日、空港まで出迎えにきた黒塗りの車は、僕ら四人を屋敷の玄関前で降ろすと、現れたときと同じようにするするとどこかへいなくなった。

「あれってさ、もしかして、ここんち専用の車と運転手だったりするわけか？」

と秀人さんが訊《き》くと、アレックスは何を訊かれているのかわからないといった顔で彼を見あげ、

「もっと別の車がよかったら、次からそうさせるけど」

と言った。

まるで、ホテルの車回しのようだった。出迎えてくれたスタッフが、僕らの荷物を勝手に奥へと運んでいく。

吹き抜けの玄関ホールには天井高くシャンデリアがきらめいていて、ダリかなんかの絵みたいに柔らかく湾曲《わんきょく》した階段が、二階のどこかへと続いていた。

「パパは、年明けまでパースへ行ってて留守なの。ジェインも今日まではいるらしいけど、明日にはそっちへ飛ぶみたい」

ジェインというのがアレックスの母親だというのは、前にダイアンから聞かされていた。父親のほうは「パパ」と呼ぶのに、母親のことは名前で呼ぶんだな、と思ったとき、ちょうど本人が階段を降りてきた。

「あら、着いたの。早かったのね」

ジェインとダイアンが久しぶりの挨拶《あいさつ》を交《か》わす後ろで、僕も秀人さんもあっけにとられていた。モデルだったとは聞いていたけれど、控えめに言っても度肝《どぎも》を抜かれるほどの美人だったのだ。

肩紐《かたひも》の細いシンプルなブラックドレスに、アレックスより少し濃い色の金髪をきっちりとアップにして、マニキュアを塗った指にきらきら輝くクラッチバッグを持っているほかは、アクセサリー類はなし。ネックレスもピアスも時計も、一切なし。自分の美貌とプロポーションによほどの自信があるのだろう。

でも、なぜだかわからない、僕はとっさに彼女を、

（苦手だ）

と思ってしまった。

目が、何も見ていない。こっちを見ているようで、視線がさっぱり絡《から》みあわないのだ。空っぽの顔だと思った。

「どこ行くの？」

と訊いた娘に、ジェインは何やら僕らにはわからない会合の名前を言い、

「じゃあ皆さん、どうぞごゆっくり」

ひらひらと手を振って玄関を出ていった。

絶妙のタイミングで、車が滑りこんでくる。運転手はさっきと同じだったが、車は白いメルセデスだった。

姿が見えなくなった後で、秀人さんが言った。

「お母さん、あれで年いくつ？」

「さあ、知らない」

とアレックス。

「え？　だって、自分の母親だろう？」

「そうだけど、ほんとに知らないんだってば。一度も教えてくれたことがないんだもの。

の？」

世間にも公表してないし、もしかしたらパパも本当のところは知らされてないんじゃない

何だよそりゃ、と秀人さんがあきれてつぶやく。

それでも、アレックスを産んだことは間違いないのだし、そうなると状況から考えて、どんなに少なく見積もっても四十代は迎えている計算になるはずだ。

「でもそうとう若く見えるよね」と僕は言った。「せいぜい三十代の初めくらいにしか見えない」

するとアレックスはひょいと肩をすくめ、事も無げに言った。

「そりゃあ、あっちこっち手直ししてるもの」

「は？」

「それくらい、当たり前でしょ。努力もなしで、あの美貌が保《たも》てるわけないじゃない。私とあんまり似て見えないのもしょうがないの。直すたびにどんどん違う顔になってっちゃうから」

「ちょっとごめん……」秀人さんが呻《うめ》くように言った。「俺ら庶民には、よくわからない

世界だ」

ダイアンにしてみれば、母親が離婚はしていても、もともとはこの家で生まれ育ったわけだから懐かしさはあるはずだ。別々に暮らすようになったあとも父親の招きで何度もこの家に来ていたのだし、すぐに馴染《なじ》むのも当然だった。

でも、僕や秀人さんはそういかなかった。

何しろ、どこもかしこも広すぎるのだ。男二人が一つの部屋に泊まることになったのだけれど、案内されたのは、〈二人部屋〉と聞かされてふつうに想像するようなサイズの部屋じゃなかった。十人くらいがゆうに泊まれそうな部屋に、二つのベッドとソファセットが置かれていて、しかもベッドはそれぞれがダブルサイズだった。

寝室とドア一枚を隔《へだ》ててつながっている専用のバスルームだけで、日本の僕の部屋くらいある。いっそのこと、バスルームに引きこもっているほうが落ち着くくらいだった。

こういうお屋敷に生まれ育つというのは、どんな感じがするものなのだろう。どんな感じも何も、アレックスにとってはそれこそが当たり前なのだろうけれど。

決して、ひがんで言うわけじゃない。ただ、僕にはそれが、幸せなことのようには思えなかった。

僕が小さい頃は、家の中のどこにいても、おふくろの声や気配がした。親父が会社から帰ってきてもすぐにわかった。

台所で何かを刻む音。夕餉《ゆうげ》の匂い。

野球中継の、胸がすくような打球音。びっくりするほど大きな親父の歓声。

そういう馴染みのものたちに包まれて過ごす安心感や、日々こつこつと積みあげられてゆく生活の手触《てざわ》りはきっと、僕という人間を形成する過程で絶大な影響を及ぼしたことだろうと思う。

でも、アレックスにはたぶん、そういったもののどれ一つとして経験がないんじゃないだろうか。

母親の添《そ》い寝《ね》も。

気持ちよく酔っぱらった父親の鼻歌なんかも。

*

僕らは、毎日のように連れだって、シドニーの街《まち》のあちこちを歩きまわった。家の近くの動物園へも行ったし、港の水族館へも出かけていった。

南半球で二番目の高さを誇るというシドニータワーの展望台に上がろうというと、秀人さんが思いきり尻込みをした。

「ヒデが高所恐怖症だなんて初めて知ったわ」

ダイアンが嬉《うれ》しそうに言った。好きな相手の新しい面を知った喜び、とかではなくて、単に意地悪の種ができたのを喜んでいるように見えた。

「ふん。俺としてはべつに、ウルルに登れなくたって痛くもかゆくもないしね」

と秀人さんが負け惜しみを言う。

実際、アボリジニの人たちは、本当は観光客にもあの岩山に登って欲しくないのだ。自分たちの聖地をきちんと敬《うやま》って欲しいという気持ちと、観光客が落としていくお金との間で、いわば大義と生活とがせめぎあっている。

「ちなみに、あなたがシドニータワーに登らないのは誰に敬意を表してるの？」

ダイアンのからかうような問いに、秀人さんはとても短い答えを返した。

「うるさいよ」

そうしてあちらこちらを歩きまわっている間、僕らこそが、いわゆる観光客だった。というか、ほとんどおのぼりさんみたいなものだった。

知らないものを見てまわり、新しい知識が身についてゆくのは純粋に愉《たの》しいことだ。正直言ってふだんは、日々続々とウルルを訪ねてくる何千何万という観光客たちを、出迎える側の目線でなんとなく上から見おろしてしまうこともあったのだけれど、今は自分がそちら側の立場にいる。なんというか、反省するところが多々あった。


暑い夏の盛りに、道ですれ違う人といちいち「メリー・クリスマス！」と言葉を交《か》わすのは、やっぱり奇妙な感じがした。

クリスマスというのはもっとこう、しっとりとしていて、できれば雪なんか降ったりして、その雪が路地裏の自転車の上にしんしんと積もっていくのを誰かと二人で眺めるような——そんなふうなものであってほしかった。

おまけにこの国では、クリスマス当日にはほとんどの店が閉まってしまう。デパートやショッピングセンターばかりではない。カフェもバーも、レストランもだ。

日本では絶対に考えられないことだった。かき入れ時という言葉を知らないのかなと言ってみたら、

「日本のほうが信じられないわよ」

とダイアンは言った。

「クリスマスに家族と過ごさないでどうするの？　デパートやレストランが店を開けてたら、スタッフは家に帰れないじゃないの」

「だからね、こういう日に外で食事をしようなんて思ったら、キリスト教の祝日なんか関係ないところへ行くしかないってわけ」

とアレックスが横から言った。

「それこそ、チャイナタウンの中華料理店とかね」

でも結局、僕らはその日、外へは出かけなかった。そんなことをしなくても、家にいな

がらにして、住み込みのシェフが超豪華なクリスマスディナーを僕らのために用意してくれたからだ。

トランクに適当に詰めてきた服の中から、なんとかいちばんましなやつを着てテーブルにつくと、磨《みが》き上《あ》げられたグラスに、目の前で赤ワインがなみなみと満たされてゆく。なんだかかえってすべてがアホくさく思えてくるくらい、現実離れしたバカンスだった。

前菜の皿がさげられたところで、僕の向かい側に座っていたダイアンが「あら」と言った。

「イズミ、腕時計、新しいのに替えたのね」

「あ、はい」

言われて秀人さんもアレックスも、僕の左手首を見る。

「いいじゃない。素敵よ。自分で選んだの？」

「いえ。……その、もらったんですけど」

「もしかして、日本からのクリスマスプレゼント？」

頷《うなず》いてみせると、ダイアンは微笑を浮かべ、すごく素敵、と繰り返した。

ラバーの黒ベルトに、カーキ色の文字盤。アラビア数字はくっきりと白抜きで、二本の針だけが赤い。

たぶん、そんなにめちゃくちゃ高価なものじゃない。でもそれは、僕の日常にまったく無理も無駄もなく寄《よ》り添《そ》ってくれる時計だった。余計な機能はことごとく省《はぶ》かれ、そのまま走っても大丈夫なようにタフで、着けていることを忘れそうなくらい軽く、水に潜ることだってできる……。

じつを言うと、丈の送ってくれた包みの小さいほうを開けてからも、しばらくは手首に巻くことができなかった。選んでくれたひとの顔を、時計を見るたび思い起こすのが怖《こわ》かったのだ。

でも、一度思いきって身につけたら、それきり二度と手放せなくなった。逢《あ》えない彼女がこの時計に託してくれた想いが、手首の内側あたりから流れこんできて、血液とともに体じゅうを駆けめぐるような気がした。

きれいにラッピングされた箱に添えられていたカードには、つつましやかな筆記体で一行だけ記《しる》されていた。

"Wish you a Merry Christmas."

涙が出るくらい懐かしい文字だった。

*

シドニーで過ごす四日目の朝早く。

まだ寝ている秀人さんに置き手紙を残し、僕は、初めてひとりで外へ出かけた。

こちらへ来てからろくに運動をしていないせいで体がなまっていて、少し真面目に走りたかったのもあるけれど、いちばんの目的はひとりきりになることそのものだった。人影の見えない道路の端で入念にストレッチをしてから、まずはゆっくりと走りだす。

濃い朝もやは、港のほうから漂ってくるらしい。太陽が姿を現す前のこの時間、空気はほどほどに冷たくて、みずみずしかった。

目指したのは南の方角だった。せっかくこの街にいるからには、湾をはさんで南北をつ

なぐハーバーブリッジを、自分の足で走って往復してみたかったのだ。

〈巨大なコートハンガー〉の異名を持つ橋は、わりあいすぐに見えてきた。遠くから見ても、近くに寄っても、とにかく姿の美しい橋だった。黒々とした鋼鉄の橋梁《きょうりょう》。一つひとつのボルトは、いちばん小さなものでも人の頭より大きい。

でも、どこをどう走っても、橋の上に登る方法がわからなかった。アーチの両側を支える石造りの塔のまわりをぐるぐる歩きまわってみても、登り口がない。どこにもない。

首をひねりながらさまよった路地裏、とうとうホテルの車回しにいた女性スタッフをつかまえて訊《き》いてみると、にっこり笑って言った。

「簡単よ。エレベーターで上がるの」

そのエレベーターはどこにあるのかと訊くと、

「ごめんなさい、冗談よ」

彼女はウィンクした。

これだけ疲れている時に、同じことを日本人にやられたらドツキ倒したくなると思うのだが、青い瞳《ひとみ》の女性が相手だとついつい愛想笑いを返してしまうあたり、僕も現金なものだ。

「ええとね、この道をずーっと戻って、パンケーキカフェの中を通り抜けて、右へ行って、最初の角を左へ曲がって、またずーっと行ったら右側に階段があるから……」

　ありがとう、と礼を言って別れたけれど、結局そのあとも二度ばかり人に訊き直してしまった。一回でなんか覚えられるわけがないじゃないか。

　もう、どれだけ走ったかわからなかった。正直言って、へろへろだった。日はとっくに高くなり、じりじりと照りつけて肌を灼《や》く。それでもようやく橋の上に出ると、僕はなんとなく意地になって、全長一キロ以上の距離をしっかり往復してしまったのだった。

　戻った頃にはもう昼で、ほかの三人は僕を心配しながらも、そろそろ昼飯の相談をしているところだった。

「うっわ、汗くさ！」と、アレックスが無慈悲にも斬《き》って捨《す》てる。「さっさとシャワー浴びてきてよ。やだ、こんな人とお昼食べにいくの」

　おとなしくバスルームへ向かおうとする僕に、ダイアンが訊く。

「どう、楽しかった?」

「ええ、すごく」

答えてから、それが本当のことだとわかった。道に迷ってくたくたになったくせに、僕は久しぶりに、それこそいつ以来だかわからないくらい久しぶりに、走ることそのものを心から楽しんでいたのだ。

反射的に誰にともなく申《もう》し訳《わけ》なく思ってしまう気持ちを、僕は熱いシャワーで無理やり洗い流した。

何度でも同じことを言い聞かせてやる。事あるごとに自分を細々《こまごま》と罰してみせることで、何かを免《まぬが》れているような気になるのはかえって卑怯《ひきょう》というものだ、と。

僕は、回復してみせなくてはならないのだ。

逃《のが》れようのない大きな罰を、いつか正面から受けとめるためにも。

7

そして、ニューイヤーズ・イヴの夜がやってきた。

あたりがだんだん暗くなる頃から、人の波が大きな流れとなって、続々と港のほうへ向かい始める。オペラハウスを目指す人々は多かったし、そのあたりなら盛大な花火が見られるのはわかっていたけれど、水族館のある港のレストランでシーフード三昧《ざんまい》の夕食をとった僕らはそのまま、入江にかかるピアモントブリッジの上でわりと地味に新しい年を迎えることを選んだ。

いや、地味と言っても充分すぎるほどの混雑ではあった。人の重みで橋が落ちやしないかと心配になるくらいだった。

大陸のヘソに位置するウルルの気候とはまるで違って、海辺の街《まち》の夏は、日がすっかり落ちても気温はなかなか下がらない。少し歩くだけでも汗ばむような夜、ダイアンもアレックスも、それぞれにお気に入りのキャミソールドレスを着て、それぞれに艶《あで》やかだった。食事の時に飲んだ白ワインのせいでダイアンの頬《ほお》は上気し、いくらか大胆にもなったのだろう、時おり欄干《らんかん》に寄りかかる秀人さんに寄《よ》り添《そ》い、笑いながら腕を組んだりもしていた。

「さっさとくっついちゃえばいいのにね」

僕と一緒に、少し離れたところからその後ろ姿を眺めながら、アレックスが言う。

「お似合いだと思わない？　あの二人」

「俺もそう思うけどさ。そんなに簡単にはなかなかね」

「ヒデに、好きなひとが他にいるから？」

驚いて見やると、アレックスは、ごめんね、と言った。

「この前、アリス・スプリングスの帰りに、あなたたちの話してるのがちょっと聞こえちゃったの」

なんだよ、天使の寝顔は狸寝入《たぬきねい》りかよと思ったが、彼女にしてみれば途中で〈目が覚めてます〉と申告するわけにもいかなかったのだろう。

「まあ、理由はそれだけじゃなくてさ。きみの姉さんも、研究のことになるとそうとう頑《がん》固《こ》だから……」

言いながら、左手首の時計を覗《のぞ》きこむ。

零時まで、あと数分。サマータイムの実施期間中だから、こちらのほうが日本より二時間早く新年を迎えることになるわけだ。

いつもならとっくに運行を終えているはずのモノレールが、今夜だけ特別なのだろう、橋のさらに頭上をガタゴトと通りすぎてゆく。乗り合わせた乗客たちは、車内で一緒にカウントダウンをするんだろうか。

あと一分。

あたりに集《つど》った人々がざわめきだす。

「そろそろだね」

アレックスの声に、突然、一発目の花火が重なった。

思いのほか軽い音とともに、水の上に小さいのが揚《あ》がる。心得ている誰かが、

「テーン！」

と叫んだ。

「ナーイン！　アーイッ！　セーヴンッ！」

二発目、三発目、四発目……。花火の音にあわせてカウントダウンが続く。

とうとう十発目で、

「ズィーロ！」

大勢の声が合わさった次の瞬間。

腹の底を揺るがすような音が響いて、巨大な花火が高々と空に揚がった。人々の歓声とともに、幾つも幾つも折り重なっては夏の夜空を彩《いろど》ってゆく。

誰もが相手構わず近くにいる人と抱きしめ合い、新しい年の訪れを祝っていた。橋の上をパトロールしていた男女の警官たちまでが、互いにハグをして笑い合う。もちろん、秀人さんとダイアンも抱きしめ合いながら、こちらに向かって手を振っている。

僕は、アレックスと顔を見合わせ、それから静かに互いの背中に腕を回した。

「ハッピー・ニューイヤー」

とても自然に頬をくっつけて、アレックスがささやく。

「ハッピー・ニューイヤー」

と、僕も言った。

言いながら、だけど日本にいるあのひとたちはきっと、今年の年賀状は出さなかったんじゃないかと思った。他人に気を遣《つか》わせないように欠礼の理由まではいちいち言わなかったかもしれないけれど、あのひとたちにとって、今年の正月はまだ喪中《もちゆう》なのだ。もちろん、僕にとってもそれは同じだった。

どちらからともなく体を離すと、僕らはひとしきり、黙って打ち上げ花火を眺めた。大きなのが花開くたび、橋の上のあちこちからどよめくような歓声があがる。

こう言っては何だけれど、花火の技術は日本のほうが明らかに上だった。こっちのは、きれいではあるけれど単調なのだ。色も限られているし芸もない。ぽんぽん揚がって、ただ丸く散っては消えるだけだ。

見れば見るほど、前に鴨川の砂浜で見た花火を思いださずにいられなかった。

時によって斜めの円を描いたり、火の粉が空をくるくると走ったり、長々と糸を引いて散ったりする奥行きのある花火。波は凪《な》いでいて、海に浮かんだ艀《はしけ》から打ち上げられる花火の数々を水面に映し、集まる人たちの目を何倍にも愉《たの》しませていた。

並んで座った彼女の、紺色の浴衣《ゆかた》。病《や》み上《あ》がりの日々からようやく快復したばかりの彼女は、あの夜、よく食べて、よく笑った。そうして金魚すくいがしたいと子どものように僕にねだった。

一匹だけの金魚をぶらさげて、彼女の住む家に戻る帰り道。掌《てのひら》の中で、呼吸するように光っていた蛍《ほたる》。

僕が吊《つる》してやった蚊帳《かや》の外側にとまり、ほのかな明滅をくり返す蛍に照らされて、彼女の肌までが仄白《ほのじろ》く発光して見えたのを覚えている。そうだ、あの夜、僕らは初めて結ばれたのだ。あの時はまさか、こんな日が訪れようとは想像もしていなかったのに……。

「イズミ」

肘《ひじ》を揺さぶられて、我に返った。見おろすと、アレックスが言った。

「携帯、鳴ってるよ」

慌《あわ》ててジーンズの尻ポケットから引っぱりだすと、画面には初めて見る文字が表示されていた。どうやら〈通知不可能〉みたいな意味らしい。

とりあえず応答ボタンを押し、耳にあてながら秀人さんたちを目で探したのだが、二人は向こうで何か話しこんでいる最中で、僕に電話なんかしている様子はまるでなかった。

「Hello?」

返事がない。

呼びかけてみる。

「Who's speaking?」

と、その時だ。

どうしてだろう、相手はまだ何ひとつ言葉を発していないのに、僕にはわかってしまったのだった。電話の向こう側で彼女がかすかに呼吸する、その気配だけで。

心臓が、暴れ馬みたいに跳《は》ねまわる。

（もしもし？　……ショーリ？）

そのまま胸を押さえてしゃがみこみそうになった。

かわりに携帯をきつく耳に押しあて、人差し指でもう片方の耳の穴をふさいで必死に声を聴き取ろうとする。

（あの……聞こえてる？）

　意を決して、僕は言った。

「聞こえてるよ」

　ほっとしたように、彼女は言った。

（明けまして、おめでとう）

　懐かしい——息が止まるほど懐かしいアルトの声が、驚くほど近くで聞こえる。とても静かなのに、そしてとても遠い彼方《かなた》から届けられるのに、僕の周りの喧噪《けんそう》がすべて掻《か》き消《き》えてしまうほどの威力を、その声は確かに持っているのだった。

「今そこ、シドニーなんでしょう？」

「……うん。よく知ってるね」

（丈が、秀人さんから聞いて。……あの、急に電話なんかしてごめんなさい。日本はまだ、大晦日《おおみそか》の十時なんだけどね。ちゃんと調べたのよ、そっちが新年を迎える時間）

「うん。ちょうど今、お祭り騒ぎの真っ最中だったんだ」

　できるだけふつうに聞こえるように決死の努力をしながら、僕は言った。

「花火が揚がって、カウントダウンとかもあってさ。除夜の鐘が鳴る、日本の静かな年越しとは、だいぶ雰囲気が違うよ」

（ショーリは、元気にしてる？）

「……うん。そっちは？」

（ん、元気。三が日の間だけお休みをもらって、家に帰ってきてるの。もうじき、あのホームも辞めなくちゃならないけど）

そっか、と僕は言った。

浅くなっていた呼吸を、なんとか整える。

「佐恵子《さえこ》おばさんの具合はどう？」

（どうして知ってるの？）

「それも、丈からさ」

そうだったんだ、と彼女は腑《ふ》に落ちたように言った。

（だいじょうぶ。母さん、今はもうシャンとしてるから）

それきりずっと黙っているので、電話が切れたのかと思ってしまった。

「もしもし？」

思わず呼びかける。

（……ねえ、ショーリ）

「うん？」

また、何も聞こえなくなる。

「どうした？」

すると彼女は、ふいに切羽詰《せっぱつ》まった声で、ほとばしるように言った。

（逢《あ》いたい）

心臓が押しつぶされて、息ができない。ひとを、殺す気か、と思う。

それなのに、

——俺も。

と、言えなかった。何よりもそれこそが彼女に告げたい言葉なのに、どうしても口に出すことができなかった。

やがて、ふっと彼女が微笑《ほほえ》む気配がした。

（体に、気をつけてね）

「……うん」

（いい年になりますように）

「うん。そっちもな」

（ありがと）

じゃあね、と言ったのを最後に、電話はややあって向こうから切れた。

無音の携帯を、のろのろと耳から離す。見おろす画面は、すぐに暗くなった。

それ以上、立っていられなかった。モノレールを支えている鉄の柱によりかかり、ずるずると崩れ落ちて地面に尻をつく。

向こうの欄干のそばで、秀人さんとダイアンは相変わらず何か話し込んでいる。

お祭り騒ぎの最後を盛りあげるべく、何発もの花火が派手な音とともにまとめて打ち上げられる。風に乗って、火薬の匂《にお》いが鼻先をかすめた。

「あーあ、終わっちゃった……」

残念そうに言ったアレックスが、

「ちょっ、やだ、何やってんの！」

急に驚いた声をあげて僕を覗きこんだ。

「ねえ、どうしたの？　気持ち悪いの？」

「違う」

かろうじて首を横にふる。

「大丈夫。ただ……」

「なに？」

「ちょっとの間だけ、そっとしておいてくれると助かる」

アレックスの返事も待たず、僕は両膝《りょうひざ》をかかえこんだ。顔を伏《ふ》せ、立てた膝に額《ひたい》を押しあてて、携帯を壊れるほど握りしめる。

少しすると、すぐそばに彼女がしゃがみこむのがわかった。

「イズミ」

「…………」

「――泣いてるの？」

「…………」

奥歯を食いしばったまま、呻《うめ》き声《ごえ》を圧《お》し殺《ころ》す。塩辛《しおから》いものを飲み下し、洟《はな》をすする。

そんな情けない物音のすべてが、周りの騒ぎにかき消されるのがありがたかった。今夜、この橋の上は、どうせ酔っぱらいであふれかえっているはずだ。中には、ぐでんぐでんに酔いつぶれたのもいるだろう。こうしていれば、僕もその一人だと思ってもらえるに違いない。

と、いきなり髪を触《さわ》られて、びくっとなった。

「ヨシ、ヨシ」

アレックスが日本語で言って、僕の頭をぎこちなく撫《な》でる。

そういえばダイアンが、アレックスのベビーシッターは日系人だったと言っていたのを思いだす。ばかにしているわけではないのだろうけれど、それでも頭なんか撫でられるのは腹立たしくて、

「子ども扱いするなよ」

そう言った僕に、アレックスは首を横にふってくり返した。

「ヨシヨシ。イイコ」

そのとたん——新たな涙がどっとあふれた。我慢なんか、できるものではなかった。

(逢いたい)

狂おしいほど愛《いと》しいアルトの声が、耳もとに甦《よみがえ》る。

どうしてさっき、俺も、と言わなかったんだろう。かれんはきっと、これまでのすべての事情も、想いも、何もかも踏まえた上で、ありったけの勇気をふりしぼってそう口に出してくれたのに。

(逢いたい)

俺もだよ、かれん。俺も逢いたい。

今すぐ逢いたくて、気がへんになりそうだよ。

「ヨシヨシ、イイコネ」

アレックスの細い指が、おずおずと髪を撫でる。

「イイコ。……イズミ、イイコ」

人々が新しい年を祝う明るい喧噪《けんそう》の中で、僕は、喉《のど》の奥に流れこむものを飲み下しては、ただ膝をかかえていた。

どうしようもない酔っぱらいみたいに。

それとも、ただひとつの宝物をなくした愚《おろ》かな子どもみたいに。

今年二冊目の「おいコー」をお届けします。

第一巻『キスまでの距離』が出た九四年から数えて、今年で連載十七年めとなりましたが、年に二冊刊行されたのはこれが初めてのこととなります。

ま、威張れはしませんね。一年に一冊というサイクルがそもそも、超スローペースではありました。

ただ、ここへきて物語そのものが相当に険しい岩場を通り抜けつつあり、この状態のまま読者の皆さんを丸一年お待たせするにはしのびない、ということで、半年おいての刊行となった次第です。

内容については、まだまだ変化しながら進んでいく最中ですので、ここでは触れずにおきます。今回は、音楽についてちょっとだけ。

中盤、アレックスが芝生に寝転がりながら、キャロル・キングの「SO FAR AWAY」を歌う場面が出てきます。彼女はこの曲を、人生において特別に好きな曲のうちのひとつに挙げるわけですが、じつは私自身にとってもこの曲は、というより、この曲の収められた『TAPESTRY』(邦題は『つづれおり』)というアルバムそのものが、青春の一ページと呼べるものでした。名曲揃いの一枚なので、機会があったら聴いてみて下さい。心がちょっとつまずいてしまった時や、親友にも恋人にもうまく話せないような出来事があって寂しくてたまらない時、寄り添ってくる一曲がきっとあると思います。

誰でもそうだろうと思うのですが、私にも、これまでの半生の折々を象徴するような大切な曲があります。むしろ、たくさんありすぎて、この夏「ミュージック ポートレイト」というNHKの番組に出演した時などは、約束の十曲に絞り込むのが大変でした。

これは、毎回二人のゲストが自分にとって特別の曲を紹介し合うかたちで進んでいく番組で、私の時のお相手はシンガーであり女優である今井美樹さんでした。年は一つしか違わないのに、選んできた曲は十曲ともまったく違っていて、でもお互いにその曲をよくよく知っているし、聴けばやっぱり自分自身のその頃の想い出が呼び覚まされ、話し始めると止まらない……という、とても素敵なひとときでした。正味一時間の番組のために、五時間以上も喋ったかな。

かつて、『夜明けまで1マイル』という小説の中に、これほどまでに記憶と結びつく強い力があるのは歌と香りくらいだ、というようなことを書いたことがあるけれど、香りがどこまでも個人的な記憶であるのに対して、歌は、いつでも誰かと共有できるところが特別ですよね。「おいコー」のコンピレーション・アルバムを作ったときにも思いましたが、音楽の持つ力に、あらためて感じ入った次第です。

いつかずっと先で、勝利が自分の人生における特別な十曲を選ぶ機会があったとしたら、アレックスの歌った「SO FAR AWAY」はきっとランクインするんじゃないでしょうか。異国で過ごした真夏の午後の記憶と、そのとき心に湧きあがった寂しさや、たまらないせつなさとともに。

今回、ほんの少し……本当にほんの少しではありますが、彼方からの声、ひとすじの希望を描くことができたようで、書き手の私がいちばんほっとしています。

今はまだ遠くから響くだけのこの声が、勝利を、もういちど光射す場所へと導いてくれることを信じて――。

次もまた、早めにお届けしますね。

寒い国でのクリスマスを目前に

村山由佳

Second Season Ⅵ
kanata-no-koe

JASRAC 出 1115747-101
P.119　SO FAR AWAY
Words & Music by Carole King
©1971 COLGEMS-EMI MUSIC INC.
Permission granted by EMI Music Publishing Japan Ltd.
Authorized for sale only in Japan

歌詞を日本語に訳して使用するのは歌詞の意味を説明することを目的としており、
日本語訳詞として扱う性質のものでないことをご理解いただき、
当該訳詞のいかなる権利もすべて当楽曲の原権利者に帰属するものであり、
訳詞者に対して新たな権利は認められないことをあわせてご了解下さい。

■初出

So Far Away

集英社 WEB INFORMATION
「村山由佳公式サイト COFFEE BREAK」2011年8月～12月

本単行本は、上記の初出作品に、著者が加筆・訂正したものです。

おいしいコーヒーのいれ方 Second Season Ⅵ

彼方の声

2011年12月20日 第1刷発行

著　者／村山由佳 ◉ 結布

編　集／株式会社 集英社インターナショナル

〒101-8050 東京都千代田区一ツ橋2-5-10
TEL 03-5211-2632(代)

装　丁／亀谷哲也 [PRESTO]

発行者／太田富雄

発行所／株式会社 集英社

〒101-8050 東京都千代田区一ツ橋 2-5-10
TEL 03-3230-6297(編集部) 03-3230-6393(販売部)
03-3230-6080(読者係)

印刷所／大日本印刷株式会社

© 2011 Y.MURAYAMA, Printed in Japan

ISBN978-4-08-703256-7 C0093

検印廃止

本書の一部あるいは全部を無断で複写複製することは、法律で認められた場合を除き、著作権の侵害となります。また、業者など、読者本人以外による本書のデジタル化は、いかなる場合でも一切認められませんのでご注意下さい。
造本には十分注意しておりますが、乱丁・落丁(本のページ順序の間違いや抜け落ち)の場合はお取り替え致します。購入された書店名を明記して小社読者係宛にお送り下さい。送料は小社負担でお取り替え致します。但し、古書店で購入したものについてはお取り替え出来ません。

j-BOOKSホームページ

http://j-books.shueisha.co.jp/